苍洱拾萃

闫文聪◎著

云南大学出版社
YUNNAN UNIVERSITY PRESS

图书在版编目（CIP）数据

苍洱拾萃 / 闫文聪著. —昆明：云南大学出版社，2020
ISBN 978-7-5482-3979-6

Ⅰ. ①苍… Ⅱ. ①闫… Ⅲ. ①诗集—中国—当代
Ⅳ. ①I227

中国版本图书馆CIP数据核字（2020）第071906号

策划编辑： 陈　曦
责任编辑： 陈　曦
插图摄影： 杨士斌
封面题字： 寇铸勋
封面设计： 刘　雨

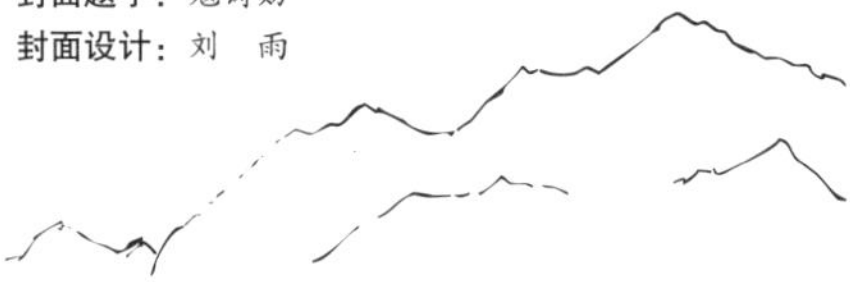

蒼洱拾萃

CANG 'ER SHICUI

闫文聪◎著

出版发行： 云南大学出版社
印　　装： 昆明理煋印务有限公司
开　　本： 889mm × 1194mm　1/32
印　　张： 6.75
字　　数： 250千
版　　次： 2020年11月第1版
印　　次： 2020年11月第1次印刷
书　　号： ISBN 978-7-5482-3979-6
定　　价： 38.00元

社　　址： 昆明市一二一大街182号（云南大学东陆校区英华园内）
邮　　编： 650091
电　　话：（0871）65031070　65033244　65031071
网　　址： http://www. ynup. com
E-mail： market@ynup. com

若发现本书有印装质量问题，请与印厂联系调换，联系电话：0871 64167045。

序　一

那茂菊

诗歌是文学皇冠上的明珠，是最具神性和灵性的语言艺术形式，是一个民族最早的美学记忆与情感记号。钟嵘的《诗品序》云：“动天地，感鬼神，莫近于诗。”西班牙诗人略萨说：“好诗歌是对一个时代及其现实生活状况的深度把握，是对一个民族的内在精神追求的审美洞察，是从诗人的心灵深处自然流淌出来的大爱。”闫文聪高中毕业后到永平县龙门乡当知青。从1977年始，先后在云南大理州北衙铅矿、州民政局、州工商联等单位工作。作者诗意地栖居在苍洱大地上，风花雪月间。寄情山水，以景喻世，饱蘸诗情为世间万物作笺注。

他爱好文学，勤于自学，最近用几年时间写出一部诗集《苍洱拾萃》，立足苍洱大地，描摹风花雪月，抒发人生情怀，诉说悲喜忧乐，“或采明珠，或拾翠羽”，追求一种“拾翠江边月更明”的意境，表达出诗人对苍洱大地、对故土家国始终不渝的热爱之情和眷恋之意。古体诗、近体诗、词作、现代新诗应有尽有，既氤氲着厚重的传统诗词之韵味，也散发出浓郁的现代新诗之气息；既充满感性的抒情，亦不乏知性的哲思。首首篇篇不拘格套，独抒性灵，各有各的精彩，凡乡野景致、生活琐事、朋友交往、游山玩水、学习心得，以及家国大事、时事见闻一一采入，千种品格，万种姿态，构成了独特的意蕴和情致，洋溢着苍洱之间特有的风土人情和审美趣味。

山水之妙，妙造自然

山水是中国艺术的发源地，是诗词的大地根系。山水诗人自诞生起就承载了中国文化博大深沉的生命情怀。深受古典文化传统熏陶的诗人闫文聪也将自己的身心托付于自然山水，把对自然的凝视和审美倾向转化为对玉洱银苍和世间万物的亲和与理解。诗人对于山乡景物早已了然于心，《云龙太极图》《观金沙江赏泸沽湖》《海舌半岛》《小普陀观鸥》《玫瑰园》《郊游杂感》《澜沧江畔》《秦淮游》，游历山水，感悟人生，从中发掘自然之美、心灵之美，感受生活的芬芳、人间的淳朴。司空见惯的人与事，在诗人的审美观照下有了浓郁的诗意和丰富的内涵。

歌咏《秘境祥瑞》《水目山－天目山》《巴蜀山水》《人在深山》《银江河河畔岩北山》，通过细致的观察和精细的刻画，描摹出一幅幅优美动人的风景画、风俗画、风情画。正如诗人所绘："镜头之下，晨曦晚霞。云萦雾绕，幻峰峻崖。如诗深邃，似画蒹葭。描绘山水，舒志赞花。写意人间，怡情品茶。"（《镜头之下》）灵山秀水中自带一份高洁秀逸之气，一种超凡脱俗之美。正所谓："他如片花寸草，均有会心；遥水近山，不遗玄想。"（张潮《幽梦影》）从山水中发现生命，从生命中实现超越，在超越里领悟生生不息和变幻无穷，从心灵深处漫漶出来的怡然与快慰油然而生。不知不觉间，古典文化传统融进了自然的秉性里，成为诗歌的底色。

“洗马潭边踏青游，日高盛夏雨难求。杜鹃似锦迷入梦，山川不掩涧溪幽。草繁林茂唯蓄势，点苍泉水尽情流。”（《浣溪沙·踏青》）以形写神，态度亲切，娓娓而谈，情趣盎然。颇有几分妙造自然、清朗疏阔的通脱。单纯本真又清雅宁静，醇厚质朴又明朗生动。“峡谷湍流卷石，猿行古树观花。雁飞碧空无痕，深涧激浪穿崖。”（《云龙桥》）诗人忘我地遁入那生机盎然、鲜活灵动的自然世界中，意象纷呈，笔法多姿，突出了山水花木的百态和变动不居的特质，沟通了日渐疏离的人与自然间的关系。“点苍雄伟峰岭傲，雪花飘柔银海长。翠沐朝霞映黛色，夕照细浪漾清江。碧水蓝天彩云瑞，绿地牧歌景观祥。叶榆三塔镇城堡，玉洱金梭日月光”，（《玉洱银苍》）将外在事物心灵化、诗意化、细节化，了然天成，宁静自得，是一首悠扬清淡的写景诗，也是一幅从容舒缓的水墨画，写出了玉洱银苍的生机与灵性。

苍洱之情，情真意切

无论人类发展到何种程度，永远有避不开的乡土情结，永远需要乡土情感的抚慰。乡土大地是中国历史的基点，是中国文化的源泉和根脉所在。因为爱着，所以去想，因为想着，所以去写。诗人始终虔诚地守望着乡土，有切身的生命感受和发自内心的感恩与爱恋。笔下的人、事、物、景无不蕴藏着真挚深厚的乡土情感。诗人无法忘怀的是“悠悠天宇旷，切切故乡情”，于是徜徉于《苍山若画》《苍山植物园即景》《点苍山七龙女池》，以饱蘸深情的笔墨描摹《彝寨春》《杏林春》《夏帆》《叶榆秋》《玉洱银苍》《古道马帮》，感叹《人生畅快》《大理三月街》《人生该去的地方》，了悟得失之间《天池之气息》，摹写自然万物在时光流逝中的变迁、生长，由此而自得，由此而达生。颇合程颢《秋日》“万物静观皆自得，四时佳兴与人同”的意趣。

诗人善于抒发与苍洱大地之间剪不断、理还乱的情感纠葛，充满真诚而厚重的情感，质朴而绝不矫情。《故乡情》“望江亭畔千年景，湖映点苍万载情”（《河畔组诗》），“朝雨有情云雾霁，点苍杜鹃千万簇”（《苍洱毓秀》），时时有奇，处处见情。不少诗情景交融，优美典雅，文情结合，故能动人至深。

“举目彩霞点苍，低头洱滨白霜。河边海鸥展翅，山野冬日花香。”（《苍洱毓秀》）“天龙八部的传奇，南诏大理的风光。崇圣寺的恢弘，三塔倒影的迷幻。望夫云的传说，蝴蝶泉的风光。点苍山的雄姿，洱海洪湖的细浪。小普陀霞光的祝福，情人湖畔的阳光海滩。领略风花雪月的浪漫，聆听白族的清白家风。穿越南诏秘境的风情，大理是古迹和美景交融的迷宫……”（《人生应去的地方》）在耳熟能详的乡土事物中生发出绵绵的诗意想象，字字写景，句句言情。刘勰曰：“人秉七情，应物斯感，感物吟志，莫非自然。”恰如纳兰性德的《踏莎美人·清明》“拾翠归迟，踏青期近”的惬意，又如白居易的《初出城留别》“我生本无乡，心安是归处”的澄明。简洁自然又朴素真纯，散发出浓浓的温情和谆谆的善意。在对大自然生生不息的四时生命节奏、气象万千的生命情态的感受之中走出自我，面向自然，静观万物而洞明本心。

文明之脉，源远流长

诗人喜欢追忆似水年华，发怀古之幽思。依靠悠远的时空背景与诗歌传统，在历史与现实之间来回巡游，自由穿梭，于此之中怡然自得，于此之外思接千古。《渔翁怀旧》《杉阳的灯光》《云南驿怀古》《龙尾关》《腾冲远征军纪念馆》《大理电影博物馆》《农耕天地》“感于哀乐，缘事而发”，追古抚今，从历史记忆中积淀出感悟与情怀，将自我的个体生命感悟上升为对人类历史命运和文明走向的体察和关怀。在把悠远、神秘和异质的民族文化记忆重新在诗歌文本中盘活的同时，又放置在现代文明的大背景下理解、提升和重构，在文本上体现出民间谣曲、民族史诗片段与现代诗歌相混合的风格。

诗人企盼以自己的生命体悟来重构文化家园意识和诗性情怀，接续历史文脉，传承文化精神。“我在点苍山将军洞游走，眼见龙尾关弥坚久留，昔日雄镇关隘的古堡，变为歌舞升平的茶楼。白云悠悠飘过隘口，历史记忆涌上心头，百二河山千秋伟岸，苍洱风光天长地久。”（《龙尾关》）重拾历史与文化的“碎片”，以内在视角体验民族历史文化的沧桑剧变、与时俱进，鲜活丰富的感性形象中充盈着饱满的意绪，渗透幽微的哲理思考，包孕深沉的历史理性与人文情怀。

“茶马古道的繁华映衬着半坡的月亮，小河淌水的故乡再现昔日的荣光。我用怀古思幽的心绪去畅想，沙溪古戏台如何记忆历史的辉煌。”“彩云之南是汉武帝梦中的吉祥。古滇拓疆史诗般夯实了鸿昌，修五尺缓解了崎岖山路的艰难。驿站之旅，在历史篇章中列装。车轮滚滚，曾让茶马古道彰显辉煌。世事沧桑苔痕阶缘让驿站退出繁忙。腾笼换鸟，生态文明助推边疆发展。”（《云南驿怀古》）意象摇曳生姿，节奏复沓舒缓，兼具散文的自由和诗歌的韵味。在对民族历史文化的观照中渗入个人的情感体验，体现出独树一帜的精神气质和诗体特征。

日常生活，活色生香

诗人描摹自然山水，感怀历史沧桑，也歌颂当下的幸福生活，以其丰富的阅历，独到的视角，从生活现场和基层工作中追求原生态的本色书写。带着丰沛的自我情感介入和观察自己和他人的生活，使诗歌生活化、民间化、地域化，充满着“在场”的经验和熔铸生命的体验，呈现出原汁原味的生活之流。《大理万人马拉松》《州武协洱源集训》《鹤庆土银匠进高校》《东亚外长会在大理》《南涧跳菜》《乡村结对帮扶》《春运》食人间烟火，写心灵之声。并以开放多元的结构形式及其丰富多彩的表现手段，将自己的所见、所闻、所思、所感演绎得活色生香、气象万千。表现“我手写我口，我口述我心”的鲜活与真诚。《校园即景》《白乡即景》《龙街乡回民井即景》，在刻意取景与随意点染之间腾挪跳荡，任性而为。“普陀、金梭，洱海有自己的小岛。阳光、沙滩，紫外光普照。游泳、赛跑，情趣皆妙。读书、看报，世事知晓。听风、观涛，发呆的世界真好！”（《沙滩发呆》）色彩鲜明且意象繁复，读来情切活泼，意趣盎然又含蓄隽永。

诗人还善于在平凡朴素的日常生活中开掘诗意，了悟禅机。《民居随缘》《洱畔即墨》《静水历沧桑》兼具清丽的禅庄之风与明快的生活气息，使自然而亲切的人文气息跃然纸上。“九九黄花列，重阳竞相开。艳姿风伴舞，素彩奉香来。水静微垂柳，群峰搭俊台。昔君知冷暖，幽境入梦怀。”（《重阳》）画面简约疏朗，语言清新洗练，富有诗情画意。字里行间洋溢着一种沉静的欢愉，表现出诗人对“岁月静好”的满足。“雄关依旧苍洱畔，砥砺前行建故乡。写意春秋锐气满，诗心圆梦有主张。”（《梦》）这是情感的酝酿与喷发，是思想的蔓延与绽放，写出了“中国梦”在大理人心中别样的情调意趣与文化意蕴。

综上所述，身为乡土诗人，闫文聪扎根苍洱大地，饱含对乡土的依恋，在乡土生活中寻觅精神的资源，并与时代性、地域性、民族性相融合，表现出浓厚的乡土情结，他以诗性的情怀去发现、感受自然和生活之美，既不忘情于古典，又能纵身于现代，既立足于本土，又能博采于他邦，构建了一个质朴、率真的诗意世界。一部诗集《苍洱拾萃》以其贴近泥土的清新质朴，感怀历史的古朴厚重，关怀民生的仁爱温情，真实地展示了诗人的心灵世界和精神轨迹，象征着乡土的博爱、仁厚、淳朴和海涵，饱蘸着来自苍洱之间原始而纯真的生命力和刚健清新的精神。语言本色从容，情感丰沛内敛，既有清新可人的山野气息，也有恬淡悠远的空灵境界。在城市化的车轮即将碾碎传统生活方式和慢节奏生活状态之际，诗集无疑具有留住民间烟火的担当。有自然淡墨之韵，也有冲融平和之气；有佛道禅庄之境，更有古今融合之美。独具特色，别有新风，值得一览。

2020 年 4 月 23 日，世界读书日

于大理大学大学村

个人简介： **郝茂菊**，女，白族，1948 年生。本科学历，教授。1977 年考入原昆明师范学院中文系，1982 年 1 月毕业，分配到大理师专中文系任教。曾任大理师专中文系副主任、主任，大理学院中文系主任，学校教学督导文科组组长。主编、副主编高校教材 10 余种，发表论文多篇，承担过全国古籍整理规划等多项课题。享受云南省政府专家特殊津贴，现任大理大学终身教学督导。

序　二

施立卓

18世纪末，英国作家兰姆在《退休者》一文中说，“昨日之我，是为他人做嫁；从今以后，我的余年将属于我自己了”。“我觉得自己是自己的主人，爱上哪儿就上哪儿，爱做什么就做什么”。当然，这里的“做什么”指的是有益的事。一百多年后的今天，中国政通人和，我们也能享受这种舒心和谐的生活。

写作是一剂良药，对于具有一定文化素养的人，退休后依然坚持“爬格子”是高尚的养生之道。诗词属于国学，推广这方面的知识技巧必然是复兴传统文化的重要方面。

我与文聪结识多年。那时，我们各自的工作单位在同一大院里，早不见晚见，彼此非常熟悉。因职业不同，并没有谈过有关文学艺术方面的事，但我对文聪的敬业、热情、直爽、健谈有很深的印象。后来，单位变迁，各在一方，而且先后退休，虽然同在一个城市，一直没有往来。然而山不转路转，前年在一个公众场合，我们竟然久别重逢。令我惊喜的是，退休后他成了大理“云梦诗社”的成员，乐此不疲，不断笔耕，硕果斐然。

有一天，文聪特意将《苍洱拾萃》的打印诗集送我一本。我读后感觉虽然诗作不一定全都契合格律，但却有一股灵动清新的韵味，给我留下颇为深刻的印象。文聪的微信昵称是“研茗闻葱”，“闻葱”显然是“文聪”的谐音，但我觉得它有很深的寓意。这使我联想到宋代周敦颐的《爱莲说》，他写道：“予独爱莲之出淤泥而不染，濯清涟而不妖，中通外直，不蔓不枝，香远益清，亭亭净植……”“爱莲”和“闻葱”不一定等同，但有相近之处。葱中通外直有清香，观之让人乐见。文聪生长在大理古城，幼年生活在博南山下，故乡的葱香味留给他脉脉乡愁，促使他诗情萌发而不可收。从微信里我看出，他一直在诗的土地上笔耕不止。现在他的诗集即将正式出版，可喜可贺，他嘱我作序，我欣然应许。

2020 年春，于洱海之滨

个人简介：施立卓，白族，云南省洱源县人。副编审，云南省作家协会会员。1999 年退休。曾任大理州文联常务副主席，《大理文化》杂志主编，长期从事白族历史文化研究和散文创作，据不完全统计，已公开出版专著近 20 种，发表数百篇作品。

目 录

苍洱毓秀铭风雅

赠答感怀寄云霞

情系山水怡心性

青葱岁月话桑麻

其 他

附录：对联

蒼洱拾萃

苍洱毓秀铭风雅

下关之端午

其　一

江海水连天，
群舟竞争先。
急风催劲鼓，
滔浪巨龙前。
离骚千古传，
国魂万代牵。
尤念屈原恨，
江流托杜鹃。

其　二

情满汨罗江，
岸飘粽叶香。
爽风浩浩荡，
楚地朗朗光。
诗魂留华夏，
屈赋遗故乡。
千载颂忠义，
至今吟九章。

其　三

桥下龙舟闹，
览胜须远眺。
洱河通天桥，
端午游龙到。
泰兴盛内敛，
美黑龙高调。
江风亭历险，
天生桥谁造？
桥为城增辉，
城有河瑞兆。
山高阅风城，
往事知多少？

注：下关俗称风城，兴盛、泰安、美登、黑龙均是市内的桥名。

2017 年 6 月 2 日

其　四

忠臣惨烈国殇篇，
屈原魂系汨罗渊。
曾经天问君存惑，
滚浪滔滔吊前贤。

2015 年 6 月 18 日

大理三月街

季春苍洱好风光，
草长莺飞百卉香。
蝶舞蜂狂春意盎，
桃红柳绿皆盛装。
十八碧溪惠风畅，
三月盛会物贸昌。
商贾云集居此地，
地灵人杰聚南疆。

白乡即景

白族扎染周城中。
世代相传不落空。
榕树广场祭本主，
戏台演义响铜钟。
渔翁扬帆瑞风起，
朝阳跳跃升海东。
盛世太平相逢喜，
青山绿水建奇功。

注：周城是国内最大的白族自然村，位于大理市北端，有两千多户居民。村中古戏台，村外“蝴蝶泉”，景美物丰。

2018年5月2日

乡村节庆

其　一

激燃篝火天放光，
娱乐休闲到广场。
日出田园勤耕作，
晚归山寨翠笛扬。
俊男靓女劲歌舞，
邻嫂乡哥喜洋洋。
虽恨月华深夜短，
喜知霞照昼时长。

其　二

“力格高”村舞酣畅，
丰收喜乐心态安。
乡亲篝火催相聚，
摆酒迎宾山水欢。

注：“力格高”是大理白族自治州民间著名的舞蹈节目之一。

2017 年 12 月 29 日

澜沧江畔

其　一

沧水白鹅逐浪乐，
雪翎怡景趣图多。
从山峻岭藏碧水，
曲项红掌逸凌波。

其　二

旧州古有“吹吹腔”，
唱念妙声曲悠扬。
文化传承非物质，
白族史诗音绕梁。

注：云龙县旧州村在澜沧江峡谷，涧深林密，风光优美，物产丰富。“吹吹腔”是白族民间的传统戏剧。

其　三

白鹅戏水荡悠悠，
蒹葭杨柳饰旧州。
涧深青翠时欲坠，
峰转路回已是秋。

2017 年 9 月 3 日

其　四

雾月银霜缘何求，
枫叶红飘笼沙洲。
朝霞铺地松岗秀，
夕照青山黛江流。

2018 年 12 月 13 日

山秀水碧

仲夏觅幽景，
随行茂林边。
南诏曾逐鹿，
攀越秀山巅。
天域摩天厦，
海深载游船。
欲穷点苍景，
溪涧挂云漩。

2018 年 5 月 18 日

太极山水

一

云雾藏奇景，
林茂风抚痕。
空山依静渚，
池桥跨禅门。

2018 年 5 月 8 日

二

文笔入云灵秀地，
石门才俊美名扬。
沘江碧水流太极，
换鸟腾笼谱华章。

2018 年 5 月 9 日

三

仁者乐山攀不尽，
智者好水润何家。
随遇而安三杯酒，
心无旁骛一碗茶。

四

太极览胜骋思远，
阴阳互通恒有无。
白云青山掩峰黛，
流水绿地展画图。

注：云龙县城西北，河谷两岸峰峦岩岫，古树苍郁，水流呈“S”形环绕陆地园林，恰似天然的太极全景图。

2018 年 5 月 11 日

光明村古树

光明核桃漾濞傲，
百年古木群峰坳。
世居劳作仰青山，
林茂丰果挂树梢。

注：漾濞县光明村盛产核桃，百年以上的核桃老树有数十株。光明村林地丰茂，因海拔有 1883 米，云雾缭绕，被称为“云上村”。是罕见的天然核桃林地旅游景点。

2018 年 6 月 1 日

秘境怡情

其　一

古树参天俗世远，
花草浓荫祥瑞升。
云白渺渺空山静，
溪流潺潺翠鸟鸣。

2018 年 5 月 5 日

其　二

山险走瑞兽，
林茂听鸟鸣。
落花藏幽径，
和风动浮萍。
雾暗疑仙境，
探奇画中行。
清风拂面过，
秘境酿怡情。

2018 年 5 月 6 日

江风寺望远

其　一

雪掩断阶藏枯苔，
春风化雨绿又来。
峭壁浮云遮不住，
鹊立枝头梅待开。

2018 年 12 月 26 日

其　二

云龙出水江罩雾，
鸥飞普陀日照晴。
点苍奇险雁南去，
天生桥渡风北行。

2019 年 1 月 13 日

洱畔即景

其　一

点苍夕照俏儿郎，
洱海渔歌飞桨忙。
牧童唱晚山风暖，
鸟啼牛哞花送香。

2018 年 10 月 28 日

其　二

行船到双廊，
洱海好风光。
普陀湖中竖，
水池清气香。
鸥鸟平地起，
鹭鸶滩涂藏。
祥云生化意，
古道隔岸长。

2018 年 5 月 17 日

荷塘趣

其　一

鱼戏莲叶闲趣在，
凌波仙子含笑来。
清风不飐芙蓉水，
流溪化淤藕窍开。

其　二

泽芝凌波随意开，
荷叶池塘铺绿苔。
红鲤游水轻轻去，
蓝宇飘云缓缓来。

下关“情人湖”

少时团山种松竹，
景幽池碧峰翠绿。
湖边情人今何在？
雪梅傲春赛迷局。

注：情人湖在大理市下关洱海南岸，团山脚下。曾是俊男靓女谈情说爱的休闲胜地之一。

重阳垂钓

唐将李宓谁见过？
将军庙前斜阳坡。
漫垂细钓怡情性，
闲乏困倦少旋涡。
美酒一杯添欢趣，
秋雁两行牵绪多。
徐徐船过微波起，
九九晒秋岁月磋。

注：大理市西洱河畔，苍山斜阳峰下，曾有白族群众为唐将李宓建造的“将军庙”，现为旅游风景区。

雨过苍山

雨过点苍山逾静，
寺古松森映早晴。
云飞林海天蓝色，
水流深涧碧波清。

2018 年 6 月 3 日

南涧樱花谷

其　一

鸡鸣朝雾绕村庄，
鸟语樱红罩彝山。
风起花瓣当空舞，
雨注落英嵌峦冈。
月出绿枝承甘露，
日升芽叶迎骄阳。
三春岫雾润茶香，
清泉滴翠入茗汤。

其　二

林深听鸟叫，
茶梯赏蕾俏。
布衣洒脱身，
彝寨悟奇妙。
跳菜势恢宏，
民歌韵高调。
寄情达野山，
风物宜远眺。

注：南涧县无量山樱花谷，樱花盛开，花树下茶梯翠绿，谷幽地险景美，是旅游观景、品茶的好去处。

苍洱如画

一

昂首三塔映点苍，
低头双廊泛白霜。
普陀碧海鸥戏水，
叶榆寒冬尽芬芳。

二

霞飞古树茂，
溪流渡桥横。
翠鸟湖间唱，
锦鲤献瑞腾。
岚气越苍洱，
倒影碧波凌。
风花雪月地，
盛泰毓榆城。

三

云藏古寺青山外，
浪拍普陀梵音来。
凤鸟天际迎霞展，
蛟龙海阔觅蓬莱。

四

岚岫晴云黛山旷，
虹桥七彩迎宾忙。
听涛倚海养心性，
塔影映潭兆吉祥。

五

云横玉带涧沟浅，
溪水潺流泛轻声。
点苍蕴藏丹青手，
雪隐翠枝画天成。

2018 年 12 月 25 日

梅园

青枝挂果紫红鲜，
琼浆入口味美甘。
三夏炎热消暑渴，
六月觅梅人眼馋。
烈日炎炎灼焦土，
波光粼粼秀水安。
佳木葱茏游客醉，
草结蓬庐似仙山。

乡村杂咏

其　一

身若彩凤即兴舞，
心似霁虹漫天飞。
动辄狮吼山冈震，
静处青草霜露微。
帅哥阳刚平险地，
靓女阴柔斗芳菲。
坐卧随缘无杂念，
进退自如情早归。

其　二

闲暇村边摘野菜，
苇絮白处豆花开。
无须海鲜连桌摆，
但看山珍迎面来。
五湖细浪随云涌，
卅载案牍任安排。
抛洒身外琐碎事，
怡趣心拾古今材。

2018 年 12 月 28 日

其　三

点苍洱海遥波看，
回眸感通翠叠嶂。
旭日丹珠绽笑颜，
船渡普陀碧水漾。
三塔伟岸耸地天，
双廊海岛鸟鸥傍。
冬去春来古今同，
川晴野媚耐人望。

上元节闹春

雨润芳芽垂细柳，
雪送梅蕊迎寒开。
朝映苍山红翠垒，
夕照洱海碧玉台。
十五月圆天出彩，
上元闹春情满杯。
民心翘首太平世，
百姓享乐盛景来。

2019 年 2 月 20 日

叶榆风采

一

晴云重峦藏林壑，
烟雨雪霜隐山村。
明月皎皎蝶泉秀，
清风习习苍洱春。

2019 年 1 月 31 日

二

叶榆新貌人皆颂，
关迤旧城不与同。
商贾云集物流旺，
农特珍品货相通。
彩霞接天峰复现，
碧溪清泻入湖东。
绿水桑田堪奇景，
鲢戏池塘莲花红。

注：西汉元封年间（公元前 110—前 105 年），汉武帝在大理苍洱地区设置叶榆县。

三

白雪皑皑云下浮，
溪流潺潺涌岚雾。
普陀游船鸥鸟飞，
金梭渔火掩滩鹭。
水天一色月斜沉，
重洋千里近乡路。
洱海泓波毓秀园，
点苍如画宜歌赋。

四

金花五朵蕴春色，
蝶泉三塔火轮照。
彩云南翔水域美，
苍洱毓秀江河妙。
观海听涛境界高，
风惠雪瑞桑不老。
地灵人杰贯古今，
物华天宝文光俏。

2019 年 1 月 11 日

石门关

一

云岭秘境点苍山，
亘古天开石门关。
清溪泻瀑峭崖挂，
瑞气升空笼平川。

二

金牛奋蹄宏运昌，
龙潜博南腾漾江。
自古名川皆行胜，
而今彝寨奔小康。

注：在漾濞江边的苍山，有两座深达百余丈的断崖峡谷，如两座巨大的石门，峡谷飞瀑，有“一夫当关，万夫莫开”之势，据传石门关前有金牛镇守，现存金牛村。

2019 年 8 月 13 日

三

石门耸翠岗，
夕阳饰金裳。
两山如刀削，
一涧潜龙藏。
麂鹿旷野跑，
炊烟绕村乡。
君从此间过，
祈福借吉光。

2018年12月30日

四

险峰难锁石门开，
碧水天成溪涌来。
满目霞彩皆幻影，
苍穹不语共徘徊。
彝乡故地春常在，
锦绣河山育俊才。
霜染层林成美景，
枫红草青去尘埃。

2018年1月13日

苍洱韵

其　一

岚风霁云起黛山，
龙藏幽谷涌甘泉。
有凤来仪点苍韵，
寺古松森仙道缘。

2019 年 3 月 24 日

其　二

横空虹桥霓彩现，
疑是苍穹筑瑶台。
晨曦凤舞逸龙遁，
日暮虎啸去尘埃。
天镜阁楼惊世俗，
情人湖畔琼花开。
海岛若有蟠桃会，
悟空腾云慕名来。

2019 年 4 月 4 日

其　三

行舟江尾进渔港，
蝶泉池畔歌声朗。
迷雾难遮三塔秀，
乡愁大理水连山。
游船破浪双廊渡，
湖过千帆天地宽。
苍岭云生结玉带，
金风起处稻浪涟。

2018 年 1 月 15 日

卓潘村备耕

箐深水急斜坡陡，
草深树密难垦荒。
退耕还林生态美，
优选农作环境良。
清风化雨催苗壮，
勤劳巧干卓潘忙。
播种希望收五谷，
硕果增产粮满仓。

注：卓潘村在永平县博南镇。

巍山美食节

翠芽破土雨润苗，
牛哞鸡啼喜鹊叫。
孩童大嫂兴致高，
华侨跨洋凑热闹。
十里长街万人嗨，
百种美味千般好。
小吃节庆黎民笑，
福旺巍山古南诏。

2019 年 3 月 14 日

立　春

古驿山寨元梅俏，
博南峰顶雪未消。
立春风吹琼苞绽，
溪水村边越小桥。
应是青阳无单色，
相顾雨润面容娇。
绿叶红花入眼底，
百蕾竞靓谁夺标？

2018 年 2 月 4 日

碧溪游

圣峰薄雾雨未成，
苍岭杜鹃啼碧树。
幽谷不言何出声，
溪涧景深觅人渡。
山高索道铺天路，
满眼秀珍难频顾。
劝君定惜灵草花，
茂林修竹香暗度。

注：大理苍山清碧溪，位于苍山圣应峰和马龙峰之间，其水碧绿，风景优美。

夏雨见荷

雨飘碧溪空山净，
云锁苍穹难见天。
心清地远方悟道，
禅坐不羡世外仙。
荷出淤泥尘无染，
风吹莲叶翠葱芊。
难得芙蕖结实果，
岂知苦尽回味甜。

2018 年 1 月 16 日

苍洱毓秀

一

风清日丽天作合，
苍岭青松西洱河。
群英最喜三月至，
赛马夺魁尽情歌。

注：大理“三月街”除商贸活动外，还有赛马及各种文艺活动。

二

朝雨有情云岫霁，
点苍杜鹃千万簇。
山幽独步几多时，
涧落珍稀无觅处。
鸟瞰道高神仙侣，
秀色湿衣时雨澍。
君心惜春欲迷路，
览阅野山暮云伫。

三

攀越溪旁秀岭峰，
撼人心魄众山容。
杜鹃遍地风光美，
云岭磐石仰苍龙。

四

玉局望夫云佳话，
应留织锦满山情。
罗荃法师今何在？
洱海天成碧水清。

注：苍山玉局峰，时有“望夫云”飘起，此景大理县志记载有若干种神话传说。

2015 年 12 月 23 日

奇　石

石载山水天地美，
秘景吐烟映朝晖。
绿地依依千里画，
韶华悠悠百尺辉。
滔滔洱河流西去，
潺潺碧溪瀑东飞。
白衣执甲肩重任，
红霞妙漫迎君归。

注：友人寻得一天然大理石，色彩斑斓，似倚松迎君，令人遐想。

2020 年 4 月 14 日

龙街乡回民井即景

观音庙融文昌道，
龙街炮楼历梓桑。
山道弯弯峰跌宕，
风烟袅袅踞龙藏。
回民井水清甜美，
屯垦戍边眺远方。
义学碑林传国粹，
老槐文阁耀僻乡。

注：永平县龙街乡曾兴办义学，当地有口年代久远的“回民井”，残留的古井、炮楼、碑林记述了流失的往事。

2018 年 1 月 21 日

春　望

日暮鸦雀山下飞，
夜静鸟宿池边槐。
北斗七星窥天象，
晨曦五彩盼春归。

2020 年 9 月 15 日

苍洱拾萃

赠答感怀寄云霞

元阳国学馆

其　一

翰林驾鹤逝天堂，
元阳传承载故乡。
寻幽探古觅新意，
大道博今写华章。
文献名邦出胜境，
叶榆毓秀藏栋梁。
无墨点苍千秋画，
笔润洱海万年香。

注：李元阳，云南大理人，白族。明代著名文学家、理学家，嘉靖五年（1526 年）进士，翰林庶吉士。

2018 年 7 月 1 日

其　二

斜阳铺地黄昏近，
晨曦雁荡远湖边。
横空起云风催雨，
竖岭挂瀑溪化弦。
访谈名流元阳聚，
国学书香文脉传。

雅士心怀报国志，
笔走诗情誉前贤。

其　三

元阳梅放书院香，
曲径通幽上点苍。
观赏中溪名士著，
茶楼览胜拜华章。
石阶荒阔青山外，
翠苔悠悠日月长。
哲士鹤飞仙境远，
后生接力欲扬航。

注：大理苍山马龙峰山脚建有“元阳书院”读书博物馆。

2017 年 12 月 24 日

慎　独

独行艰辛情趣在，
船行阔海见蓬莱。
夜阑苍穹迷茫处，
满天星斗世外埃。

2018 年 11 月 25 日

同事情

韵和金强先生

卅载未见各一方，
有缘再聚话衷肠。
鞠躬甘为孺子牛，
救济灾情抢险忙。
华发稀疏鬓如雪，
初心无改日月昌。
待到山乡腾龙起，
宏图筑梦显弘彰。

张金强先生原诗

当年社救同一巢，
有幸与君共辛劳。
跋山涉水探灾情，
安步当车吼歌谣。
梦中相惜人虽远，
同醉难为年事高。
伏枥千里何言老，
扶摇九天看明朝。

注：幸会三十年前，共同在大理州民政局工作的老同事。

2018年3月17日

仲冬同学相聚

其　一

以文为乐梦飞马，
诗酒纵情趁年华。
动车日行三千里，
端坐共品九洲茶。

2018 年 12 月 2 日

其　二

清浪随风涌，
华庭伴雪飞。
同追书山趣，
载誉学海归。
又见冰凌起，
梅枝报春晖。
相逢留倩影，
聚散志莫违。

2018 年 12 月 4 日

同窗聚大理

一

聚散离合经年秋，
研读思齐品学优。
精英愿展宏图志，
学海无涯尽情游。
风花雪月名九夏，
人杰地灵聚一楼。
前行再续清华志，
尽话衷肠诉离愁。

2018 年 8 月 24 日

二

民企翘楚环湖游，
缘定清华复何求。
群星闪烁芳菲近，
初心无改写春秋。

2018 年 8 月 25 日

三

七彩祥云飘苍山，
港深才子聚云南。
群星暮暮盼北斗，
花香朝朝数幽兰。

四

炭燃旺旺聚火塘，
脸庞红红烧烤忙。
山珍海味时鲜菜，
对酒当歌喜似狂。

五

学艺归来已三载，
春花几度落又开。
苍峰含笑迎宾客，
杜康畅饮情满怀。

注：云南工商联系统，清华班同学相约自行车环游洱海岸之际随笔。

2018年9月3日

学友聚叶榆

其　一

朝晖行远追春去，
暮云思归遂佳期。
青葱岁月凌云志，
老骥伏枥情堪期。
历经沧桑重聚首，
回眸苍洱杜鹃啼。
初心不改志同道，
叶落寻根复相依。

注： 2019 年 7 月 4 日，原大理县中和镇（现为大理镇）一完小，1967 年毕业暨 6.1 班同学聚会有感。

其　二

陋堂求学趣勿忘，
海阔天空探远方。
书山面壁报国志，
春梦绵恒情痴长。
韶华易逝稚肠断，
白驹过隙鬓角霜。
回首晨曦携手处，
但见朦胧皓月光。

马嘶花放

马嘶花放好年华，
感通云雾育好茶。
阅尽春色人无悔，
笑忆江湖你我他。

2019 年 3 月 23 日

渝城览胜

嘉陵交汇大江中，
碧水奔腾涛向东。
两岸猿声啼不住，
一帆破浪乘劲风。
朝天万船行彩影，
壁立千仞仰穹空。
银河灿星人相对，
渝地览胜赖物丰。

2019 年 8 月 7 日

读南诏古诗有感

其　一

南诏辖点苍，
史遗关迤廊。
残碑历往事，
毓秀阅南疆。

其　二

隐士闲游图自在，
尚思海阔见蓬莱。
坐地日行八万里，
乘风破浪信自来。

其　三

白州盛世堪振兴，
彩云南现瑞兆生。
苍岭雄姿千年固，
洱河碧波万顷清。

2018 年 9 月 28 日

蓬雀歌

但看蓬间雀，
棘丛觅快活。
渴饮清泉水，
饥食林中啄。

展翅飞欲远，
风雨使蹉跎。
布衣远富贵，
生存靠家国。

花萎也尽兴，
芊芳不在多。
江河皆有道，
酬勤常畅酌。

2018年10月9日

小　草

岩石压苗施虐暴，
透隙见天荒草笑。
又见雪融山黛绿，
方知冬去梅花俏。

诗酒年华

其　一

勤奋敬业心境安，
鞠躬尽瘁期事全。
静如清溪戏飘叶，
动似春风透无间。

其　二

自愧书山怠，
杖乡学无涯。
更怜山河丽，
情胜负琵琶。
俗雅难相顾，
志坚有余暇。
朗朗乾坤道，
诗酒趁年华。

2018年10月18日

渠清有源

喜怒哀荣曾俱全，
得失进退雅名悬。
四时风雨花开谢，
两季春秋红绿间。
天外星辰如夜眼，
心无旁骛善留缘。
是非成败转头逝，
碧溪清流皆有源。

2019 年 3 月 7 日

观旗袍秀

紫韵旗袍堪优雅，
莲花移步似流霞。
春风拂面奇葩艳，
夏花凌波虞仙华。
秋月牵牛菊花笑，
冬雪若绵秀女夸。
苍麓洱滨觅春意，
青山碧水话桑麻。

2018 年 8 月 10 日

书山觅趣

其　一

书山遇知己，
俗世觅高人。
贤士修身性，
僻壤撰贤文。

其　二

良玉润珠人瑞兆，
吉金乐石境生辉。
面壁十年走天下，
行路万里载情归。

其　三

冬雪红梅惜春到，
青山带笑流水声。
苍山览胜幽思远，
书海静悟悦心清。

2019 年 1 月 10 日

观南诏德化碑有感

其　一

洱河西行波浪涌，
哀牢山脉白王雄。
唐军奔袭三千里，
十万铁骑无影踪。
李宓魂归江峰寺，
逐鹿叶榆梦成空。
点苍会盟表心愿，
南诏七彩贯长虹。

2018 年 1 月 9 日

其　二

南诏浩浩城犹在，
德化昭昭碑注目。
天宝硝烟留青史，
民族团结情和睦。

注：大理太和村南诏德化碑，记录了唐代天宝战争。

2019 年 1 月 26 日

家祭踏青

其　一

荒野微风吹嫩草，
清明家祭雨纷纷。
先公遗训情犹在，
游子灵前吊亡魂。

其　二

西行难解凡尘事，
常驻后生倍思亲。
阴阳两隔情难诉，
望云长叹泪沾巾。

其　三

寻找来时行前路，
先贤厚德映春痕。
青山如黛梨花放，
碧水似玉瑞气存。

2019 年 4 月 6 日

落花化泥

其　一

春风拂拂吹，
梨花纷纷落。
垂首知鹤栖，
仰空自叹寞。

其　二

梨花带雨洁如雪，
荷瓣落地香入泥。
皓月升空皆银色，
风急篱残夜莺啼。

其　三

西归鹤飞空，
山水聚朦胧。
赋诗欲开道，
奈何语不同。

2018 年 3 月 22 日

倒春寒

其　一

春寒风著雨，
幽草雪中藏。
待到暖晴日，
兰开王者香。

其　二

晚凉天欲雪，
梅笑野山寒。
归乡人犹健，
慎独报平安。

2019 年 1 月 9 日

州武协洱源集训

其　一

洱海万顷帆竞发，
茈碧千亩藏鱼虾。
潭深百尺不见底，
擂台比武现赢家。

其　二

点苍武者驻南疆，
舞剑闻鸡奔远方。
布衣犹存报国志，
星河月溅路乃长。

其　三

健身悟道好汉忙，
点苍山下武林强。
洱河之滨彰国术，
鱼跃龙门鳞片黄。
二龙抢宝彩云现，
三山巅峰虎啸狂。
群雄竟渡堪奇迹，
久经沙场竞荣光。

2017 年 7 月 22 日

夏　至

鼠年夏复至，棕香美味牵。
风过湖浪尽，落日斜阳偏。
蝉鸣缅桂艳，鸡啼荷叶鲜。
民家处处酒，梅雨悠悠天。

草庐煮酒

其　一

青梅煮酒草芦香，
翘楚偶聚壁生光。
青葱昂扬别故里，
淡泊宁静欲还乡。

其　二

风扫杜鹃有落红，
花迎朝阳彩霞中。
雪覆青山洁犹在，
月华洒银意堪浓。

粽香安康

浪急风送龙舟鼓，
灵符艾叶庆端午。
花香雁飞彩云瑞，
屈子魂兮归故土。

2020 年 6 月 25 日

苍洱拾萃

情系山水怡心性

赏　菊

其　一

沉香情愫蕾初语，
彩虹经天蕴秋雨。
斜阳铺地禁蝉声，
金英绽放馨田峪。
溪流次渠入东海，
苍峰依势傲环宇。
晨光不负重阳花，
晚霜更期黄菊玉。

其　二

霁雾重云黛山秀，
楼高树低湖畔青。
岁寒三友枝叶翠，
芙蓉九夏绽妍倾。
季秋西风吹落叶，
夕照东篱荒草盈。
幸得金英烂漫至，
墨浓白淡朝暮情。

2019 年 10 月 25

藏乡祥瑞

观雅鲁藏布江畔雪山，
瞰油绿苗稼映衬村庄。
访藏式雕楼古树野旷，
探奇境游历雪域西藏。
抛俗世功利纵情畅欢，
寻春光净洁清新流淌。
让心态静谧怡情清凉，
求凡尘安康因果浩然，
实领略秘境人间瑞祥。

2018 年 4 月 24 日

唱宏福美酒　写巍山华章

宏福佳酿香，
饮品冠南疆。
唯有杯中酒，
当得旷古芳。
豪情当养性，
鸿鹄志尽觞。
谨慎悠然事，
纵情唯杜康。

注：乙亥年中秋，于大理州巍山县宏福酒业公司。

走访“云极茶厂”

其　一

青山春色秀，
彝女把茶收。
香浓沁心肺，
极云茗品悠。

其　二

“云极”满山头，
神龙天上游。
春雨润万物，
乌龙茶一流。

注：云极茶厂位于云龙县宝丰乡南新村。

巴蜀山水

其　一

人说峨眉韵古贤，
巴山蜀水雨似帘。
乔松茂荫群峰美，
庙宇深处佛坐莲。

其　二

初识巴蜀水连天，
峰峦迷云雾若烟。
游客环山来避暑，
扁舟漂峡似神仙。

2016 年 8 月 2 日

云龙桥

峡谷湍流卷浪，
猿行古树观花。
雁飞碧空无痕，
深涧激石穿崖。
天险江鱼浅尾，
漾山古木绽芽。
博南云龙铁锁，
桥渡来往人家。

注：漾濞县漾江峡谷中，有几经损毁又修复的明代弘治年间（1488—1505 年）古铁索桥。传说几次选址毁于洪水，后见彩云绵亘城西江面，如同蛟龙过江，遂用八条铁索建桥，寓意铁锁云龙。

潞江坝

一

曾经农耕住房，
境迁修建鱼塘。
蹉跎垦荒岁月，
时光悠悠苍茫。

二

喜见新人成长，
后浪击岸刚强。
农场繁荣兴盛，
遥忆当年蚕桑。

三

迷雾玄幻弥漫，
雄鹰翱翔盈江。
云中从容飞渡，
疑似龙戏海滩。

2016 年 11 月 26 日

四

白果村边福泽路，
树下传奇应诗赋。
身在锦绣好河山，
砥砺前行春常住。

2016 年 11 月 30 日

腾冲远征军纪念馆

其　一

古滇旧地远山寒，
偏居岂言报国难。
众志成城阻敌寇，
山河与共话阑珊。

其　二

汉习楼船欲征战，
史留驿站遗南疆。
艰辛石碾铺公路，
抗击寇仇英名扬。

2017 年 6 月 25 日

喜洲村

其　一

太平盛世酒家忙，
帘外清风扫茗香。
四面红花随绿叶，
八方盛景似苏杭。

其　二

扎染精挑土布条，
村边挂晒架长桥。
明年再赶蝶泉会，
犹见金花着彩娇。

2016 年 8 月 3 日

其　三

漫步闲暇去赏花，
嫣红姹紫入邻家。
杜鹃啼血心难诉，
空谷存情栖树鸦。

2017 年 2 月 26 日

漾江遐想

其　一

漾江断崖石门关，
栈道无痕现水潺。
纷至游人观胜景，
往来结伴心境宽。

其　二

祥云吉雾绕峦嶂，
溪涧茶花展幽芳。
碧水青山人自在，
何需浪迹觅仙方。

2016 年 12 月 29 日

春　寒

乍暖微寒天欲晴，
仓陋遇雨船难行。
扬帆行远需谨慎，
淡泊清心任君评。

2017 年 2 月 22 日

古城武庙会

其　一

音乐齐云曲入天，
身姿曼妙舞翩翩。
古城飞花飘春意，
玉宇琼楼迎新年。

其　二

武庙喜相连，
关公立座前。
殿前红烛照，
祥吉又一年。
洪福平常现，
榆城有妙园。
精英常相会，
鸿运兆圣贤。

其　三

华夏典藏孔庙多，
莘莘学子书点拨。
少年历练文武艺，
寒窗面壁无蹉跎。

春　运

飞机航空动车闹，
举国涌动返乡潮。
铁流滚滚人欢笑，
好友相聚尽情聊。
除夕合家看春晚，
父见子归乐陶陶。
含饴弄孙放鞭炮，
辞旧迎新兴致高。

2017 年 1 月 28 日

天生桥

天生桥头大风围，
山丽云高草盛菲。
庙堂将军无影迹，
暮近览胜霞蕴晖。

注：在大理下关，苍山斜阳峰和哀牢山系者摩山之间的峡谷中，有一块巨大的天然山石卡夹在峡谷之间，西洱河水从山石下汹涌流过，形成了可走人马的天然石桥，距桥不远处存有唐代“将军庙”。

2017 年 5 月 23 日

河畔组诗

一

小河淌水绕村庄，
弥渡花灯美誉扬。
天际位高云弄月，
恰如年少趣童堂。

2017 年 1 月 11 日

二

博南路经云龙桥，
儿时往返嬉笑闹。
清风拂面柳荫高，
腊梅迎春霞光照。
童趣已随烟波残，
漾江逐水浪奔跳。
夕阳似火古槐老，
即兴郊游情趣妙。

2017 年 1 月 30 日

三

望江亭畔千年景，
湖映点苍万载情。
石门关锁金运至，
云龙津渡浪涛声。

2017 年 1 月 31 日

四

日行大地瑞风来，
江海蓝天宏运开。
姹紫嫣红三山美，
赤橙黄绿九气台。

2017 年 2 月 4 日

五

乍看景观惊且慌，
鱼戏树梢垂柳长。
原是山中存美水，
天光倒影聚池塘。

2017 年 2 月 5 日

云南驿即景

一

极目远郊芳草绿，
山花红紫似姑苏。
古驿巷静幽深处，
人杰地灵才俊出。

2017 年 2 月 7 日

二

景观咋现迷幻，
凡尘更似琼山。
福报上苍庇护，
身享心性善良。

2017 年 2 月 8 日

三

樱花古树长相伴，
草木缘兮偏谊谙。
点缀家园为本份，
须知青色胜于蓝。

四

蓝天彩云并列排，
水映高楼共徘徊。
柳垂影斜人相偎，
乡愁似画难忘怀。

注：西汉时期汉武帝在云南驿（今大理州祥云县云南驿镇）设云南县，成为当时云南的政治、经济、文化中心。

2017年12月18日

谷雨

山黛水碧白兰放，
芳苑芍药红牡丹。
青峰嫩绿入人眼，
河畔柳絮落沙滩。
昨闻田间旱生变，
天际乾坤谷雨还。
初晴啼声杜鹃血，
细品风云放眼观。

2020年4月19日

渔翁怀旧

其　一

沃土茶花美，
风吹柳絮飞。
苍山峰秀丽，
洱河野鸭肥。

其　二

美景满目有，
鱼虾尽情游。
风吹云飘走，
时空岂能留。

注：见渔翁洱河垂钓，笔者与之交谈后随笔。

2017 年 3 月 12 日

点苍青葱

点苍沃土育青葱，
沟涧滴水声玲珑。
马嘶花放绘春意，
彩云横空势如虹。

祥云大波那村

其　一

秦有铜棺葬蛮王，
汉设驿站补军粮。
古龙波纳高山地，
而今德佩筑学堂。

2017 年 2 月 17 日

其　二

春秋君邑在何方，
野地荒山枯草场。
落叶尽知秋已至，
龙吟波纳诉衷肠。

注：祥云县大波那村历史悠久，曾出土铜棺，工艺精、品相好、滇罕见。

2017 年 2 月 28 日

点苍山下好风光

一

浓墨重描情素怀，
香淡清新雅人斋。
山静林深春有意，
大千世界任君猜。

2017 年 3 月 20 日

二

苍浪石门险崖开，
神工鬼斧筑仙台。
山溪碧水从天降，
金牛奋蹄福自来。

2017 年 3 月 22 日

三

平湖小雨荡微波，
繁盛樱花红粉歌。
难得清风掠面过，
春泥青草且婆娑。

2017 年 3 月 25 日

四

桃花梨束旷野开，
亲友相邀踏青来。
几处闲愁求浊酒，
春风含笑绿翠苔。

2017 年 4 月 12 日

五

春涌嘉宾如潮来，
古城经贸通四海。
大理千年月街旺，
喜迎八方做买卖。

注：从唐代南诏时期始，每年农历三月十五举行五至七天的民间物资交流和文化活动盛会，是白族传统节日，有“千年赶一街、一街赶千年”之说。

2017 年 4 月 12 日

漾江行

其　一

野游但见彩云飘，
荒原山花艳若妖。
独秀城关水环绕，
青峰如愿剪红绡。

2017 年 3 月 17 日

其　二

漾濞一江两条河，
望江亭高凤凰落。
核桃高产庆丰收，
彝族山寨歌舞乐。

2017 年 3 月 19 日

龙门观景

其　一

西山龙门傲天下，
滇水春深烟雨纱。

幸得三生留美景，
祥云降瑞润万家。

2017 年 4 月 2 日

其　二

彼岸皆恒情难诉，
月光唯照岁月步。
硬汉更需体魄强，
亲友虽爱莫能护。

2017 年 4 月 9 日

其　三

上坡弯十六，
深涧水八潺。
晨赏龙门境，
暮归夕阳残。
山间晚霞照，
滇池映船帆。
涯有梧桐树，
凤凰落幽乡。

2017 年 4 月 27 日

腊八粥

腊八祭灵粥常鲜，
巧逢霜满小寒天。
人言猴不与雉伴，
我道雄鸡吉且贤。
佛祖释迦得道日，
禅参三界有因缘。
心存善念临吉兆，
难得浮生半日闲。

2017年1月6日

大理三塔

英姿伟岸无需夸，
季冬傲雪看霜花。
苍穹之下三塔秀，
雄镇山川佑白家。

注：大理崇圣寺三塔建于唐代，一大二小三座塔鼎足而立。大塔（千寻塔）居中，高69.13米，南北小塔高42.17米。

2018年1月10日

仲夏之花

仲夏堪郊游，
坡陡泥滑溜。
林深有嘉木，
山高水长流。

峡谷锁雄冈，
榆城风轻柔。
上关品奇花，
艳丽不知愁。

点苍多毓秀，
普陀筑琼楼。
风花雪月地，
良辰当酒酬。

2017年6月5日

洱畔即墨

秋风叶黄觅自由，
树稳相送不挽留。
蓄势春归蕾芽绽，
叶青滴翠满枝头。

2017年11月26日

山情水意

一

鱼不解溪水需求，
河岂懂蝌虾自由。
似有苍穹无影手，
指点大江向东流。

二

苍山有情云环绕，
碧溪无心竞远行。
谷空风疾吹劲草，
林深鸣鸟唱早晴。

2017 年 6 月 28 日

三

春观秀岭繁花远，
夏雨漫漫恨时长。
鸥鹭觅食戏流水，
荷叶莲花韵晚香。

四

夏日飞花逐水流，
碧溪畅快有何愁。
但知春意随云散，
酷暑将至有缘由。

2017 年 7 月 6 日

梦

其　一

世人感慨岁蹉跎，
实则时光似织梭。
方见满山葱茏秀，
转眼江湖泛烟波。

其　二

雄关依旧苍洱畔，
砥砺前行建故乡。
写意春秋锐气满，
诗心圆梦有主张。

2017 年 4 月 6 日

苍山七龙女池

其　一

野山美果酿琼浆，
倩女池洗聚点苍。
马龙雄峰奇伟岸，
溪流洞天自然妆。
玉局瑰宝祥云照，
深涧徜徉碧水凉。
霞光通幽青鸟翠，
精灵秘境韵仙方。

注：苍山七龙女池位于苍山马龙峰与玉局峰之间，这里地势险峻，充满奇幻色彩。

其　二

蓝天白云远望，
草地微风细浪。
奇花争艳竞香，
灵鸟跳跃歌唱。

雨后阳光沐浴，
踏雪幽景蛮荒。

龙女池塘戏水，
无拘无束纳凉。

惑受清新自然，
领悟风月张狂。
气和吉祥神畅，
颐年如意安康。

2017 年 5 月 9 日

彝乡“大王操兵”

居安思危演武场，
佑民保境彝寨强。
古风传承岂能忘，
华夏民族守边疆。
荣辱与共聚一堂，
不战而胜皆自强。
文武相济得繁昌，
大智若愚建山乡。

注：在弥渡县红岩镇福长村，每年农历六月二十六是“大王操兵”的传统节日，彝族群众在庙中祭祀神灵，进行领兵、操兵、打歌等民俗娱乐活动。

郑家庄风采

一

土肥水美农作鲜，
创业发展争领先。
白族藏族亲兄弟，
创业致富人冒尖。

2017 年 7 月 3 日

二

云行千里饰山乡，
江河锦绣百花香。
清风拂地万物醒，
出土禾苗着绿裳。
不似初春似油雨，
丰收在望脸放光。
抢抓时令耕耘巧，
金秋福泽粮满仓。

2017 年 8 月 1 日

三

休闲娱乐到农庄，
水碧山青沐艳阳。
白云卷纾皆有意，
淋漓酣畅酒甜香。

四

老树春机冒嫩芽，
新蕾遇水竞开花。
群峰皆绿若春梦，
浅溪潺潺鱼戏虾。
雾气渐迷荒峦茂，
云腾日暮满天霞。
彩虹跃空天桥架，
旷野碧山地可嘉。

注：郑家庄是洱源县的民族团结村。

2017年9月18日

人生畅快

落花有意留存味，
流水无情当自猜。
把酒言欢同畅快，
且问几时仙道来？
苍生若是不曾老，
何言轮回化尘埃。
世间善恶皆有报，
勿凭喜好辩应该。

2017 年 7 月 9 日

苍山洗马潭

幽思怀古阅苍山，
元代奇兵逐下关。
地覆天翻江湖乱，
杜鹃啼血欲诉难。
南飞北雁家乡远，
从此点苍障易攀。
细品悠悠大理史，
静观清清溪水潺。

2017 年 5 月 6 日

玫瑰园

百卉园中花芬芳，
美不胜收巧着妆。
产业惠民促开放，
生态平衡换新装。
玫瑰全席惊四座，
瓣叶油炸蕊熬汤。
闹市那寻佳肴品？
秀色可餐惠农庄。

注：2018 年 7 月于弥渡县玫瑰园随笔。

重　阳

九九黄花列，
重阳竟相开。
艳姿风伴舞，
素彩奉香来。
水静微垂柳，
群峰搭俊台。
昔君知冷暖，
幽境入梦怀。

郊游杂感

其　一

金秋捎到好风光，
山有梧桐凤吉祥。
商贾云集茶马道，
精英荟萃聚贤堂。
丝绸之路源流远，
繁茂共赢筑辉煌。
工农商学互联网，
经济腾飞齐翱翔。

其　二

才俊不偏重男女，
成材从小须努力。
播种沃野肥地得，
成长锻炼应珍视。
花蕾绽放蓄势起，
笑脸真诚人期冀。
内心始终崇善意，
荒芜重生显奇迹。

2017 年 9 月 24 日

其　三

无拘淡然流淌，
温泉润泽池塘。
感受清新自然，
领略风月张狂。
静动随愿简单，
颐年如意安康。

2017年9月29日

漾濞行

南诏蒙嶲彝村落，
江风亭下逸趣多。
铁柱唐标年久远，
关山难越起兵戈。
猿猱欲攀崖难上，
漾备峡谷雪山河。
吉兆金牛石门开，
仲秋圆月觅祥和。

注：唐代大理南诏时期，漾濞县曾有蒙嶲、漾备之称谓。

古驿杂感

其　一

贤士身后美名扬，
不似山川笑夜郎。
汉授滇王金筑印，
唐尊白子南诏王。

2017 年 8 月 16 日

其　二

白州秘境多奇景，
铁柱唐标欲拓疆。
物茂田丰山水美，
悬崖红井泽润乡。
观音庙会求高寿，
觅古寻幽诉衷肠。
世事沧桑轮回转，
天观星宿谁称王？

2017 年 8 月 17 日

秋 吟

其 一

丽水产金沙，
秋风瑟瑟麻。
玉龙峰覆雪，
阳照泛莹霞。
江渚飞流远，
苍穹白鹭嵯。
枫林忽梦醒，
红叶去铅华。

2017 年 9 月 22 日

其 二

西风瑟瑟金秋到，
落叶飘飘满涧沟。
毓秀山河重叠嶂，
炊烟起处笛声悠。
碧溪轻轻伴鸟语，
稻浪滚滚饰白州。
韶华急逝心宁静，
洱河西去叶为舟。

2017 年 9 月 30 日

感通寺品茗

其　一

青竹高耸腹内空，
梅花傲雪古今同。
感经通圣难再觅，
水沸茶香庙堂中。
寂照秋深山著雨，
茂林飘曳过微风。
景幽晚凉迎佳客，
溪流奔涌向海东。

2017 年 10 月 1 日

其　二

月泻青溪石满苔，
兰花俏丽不常开。
担当和尚居何处？
打坐悟君到此来。
僧侣禅房参佛法，
山空夜静善为哉。
池塘鱼戏仲秋景，
心系茶香又几回。

2017 年 10 月 2 日

其　三

曾经风雨历坎坷，
浮云雾蒙险峰连。
小酌怡情志高远，
集翠沃野诗园田。
踏实低调不自傲，
砥砺前行重负肩。
岁月深沉越功利，
时光鉴证悟前贤。

2017 年 11 月 9 日

兰　花

草本箐涧崖边花，
深扎玉根抽青芽。
寒苦清香幽荷绽，
春兰夏蕙山是家。
仁者识君植芳院，
国色天香美似霞。
骚客墨轩舞龙蛇，
荷辨凝脂睿智夸。

2018 年 3 月 4 日

青藏行

西藏江流清风荡，
高原险峻行无疆。
青海风萧皑皑雪，
地冻寒天寂寂冈。

夏　帆

金风拂地爽山冈，
日精月华桂菊香。
洱海无霾明似镜，
苍山雾绕静霓裳。
天蓝云白翔飞雁，
柳绿溪清倩影藏。
湖水浩然浪深处，
挂帆挥桨船远航。

2017 年 11 月 5 日

南涧跳菜

彝家特产味美香，
跳菜卓殊亦夸张。

蹁跹俊男善厨艺，
婀娜靓女舞姿芳。
流连忘返岂独乐，
宾至如归喜联欢。
彩云之南彝山笑，
虹桥架北秀水茫。

注：南涧“跳菜”是彝族伴餐、上菜的一种著名舞蹈。

2017年12月5日

东亚外长会

晚秋随意起金风，
六国外长临海东。
苍山徐徐飘瑞气，
洱河浩浩浪涛中。
蓝天即兴云虹现，
东亚齐心求共通。
古道博南开远路，
滇西今叙固恒功。

注：2017年12月15日，澜沧江—湄公河合作第三次外长会议在大理市举行。

2017年12月15日

霁虹断桥

其　一

野山枫叶红，
峭峡历秋风。
鸟兽蒹葭卧，
澜沧水涌泓。
急风催化雨，
鸿雁越长空。
沧桑博南道，
兰津串霁虹。

其　二

霁虹遗址久，
刻字勒崖留。
桥毁石基在，
兰津渡古舟。
山险鸟无影，
湍急有源头。
苍穹经日月，
澜沧秀水流。

注：霁虹古桥是大理州永平县与保山市交界漾沧江之铁索桥。明代杨升庵曾在此撰写《临江仙·滚滚长江东逝水》，古桥

于1986年被洪水冲毁，遗址留存有断桥。两岸壁立千仞、峰峦岩岫、幽险峻嶒，在怪石嶙峋的高崖青石之上，有古人诸多题字。

2017年11月12日

云龙太极图

天生太极图，
地设境幽途。
万物乾坤道，
山水阴阳途。
灵川增锦绣，
江险笔难书。
鲲鹏扶摇起，
风云化荒芜。

注：在云龙县城以北1公里外，沘江流水绕出“S”型大湾，形成了类似道家“太极图”的天然地貌。

鹤庆黄龙潭

一

树影荫桥笼碧水，
参差野草戏蒹葭。
游人闲暇绕堤坝，
流连忘返拂柳芽。

二

野山飘雨晚凉急，
天宝物华筑楼宇。
龙潭形胜仙鹤飞，
人杰地灵不逾矩。

2017 年 12 月 6 日

三

黄龙潭岸载梧桐，
潭深水泓树葱茏。
南诏金戈成古董，
鹿鸣空谷壮山雄。
雄鹰展翅翔天际，
草鸡鸥鹭滩草中。

总道雪峰能阻路，
鲲鹏扶摇九州宏。

2017 年 12 月 7 日

四

月照深潭雾若纱，
酌杯漫步赏烟霞。
慢斟细品开怀处，
低吟轻唱共话茶。
鸟宿池边高幽树，
虾爬垂柳浅滩洼。
眼观湖岸霓虹闪，
天际犹翔夜半鸦。

注：黄龙潭位于鹤庆县西南的螺髻山下，水映峰峦，堤柳将碧水一分为二，“螺峰野色”是鹤阳（鹤庆古称鹤阳）美景之一。

2017 年 12 月 20 日

秦淮游

其　一

长江浩荡向东流，
建邺金陵见莫愁。
玉宇琼楼兴衰事，
岂非世间有缘由。

其　二

夫子庙前布衣游，
德贤佳话千年留。
白驹过隙博今古，
秦淮河边得月楼。

其　三

已亥销烟垂青史，
造福桑梓炳荣光。
一腔热血肝胆照，
两袖清风诉衷肠。

注：参观硝烟纪念馆，有感于1839年林则徐虎门销烟。

2017年11月29日

玉洱银苍

其　一

梅开傲雪笑风霜，
茶绽但观二月凉。
玉色胭脂争技处，
质奇姿艳满春光。

其　二

苍峰雄隽穹岭傲，
雪花飘柔银海长。
翠沐朝霞寻黛色，
夕照细浪漾清江。
碧水蓝天彩云瑞，
绿地牧歌景观祥。
叶榆三塔镇城堡，
玉洱金梭飞凤凰。

2018 年 1 月 28 日

校园即景

一

甘霖润风龙抬头，
狮舞虎吟滚绣球。
百花争艳冬去也，
二月春光堪久留。

二

春赏湖畔百色花，
夏观苍峰满山霞。
秋高菊黄苗圃秀，
冬至雪白茂林洼。

三

理大樱花压树枝，
红白相间显参差。
莘莘学子蕾迟绽，
书山结果必有时。

2018 年 3 月 8 日

四

深涧碧溪跌宕至，
水滴穿石竞奇葩。
苍峰俊俏雪犹在，
湖缤绚丽占物华。
山水校园多毓秀，
娇柔红艳吐春霞。
学人捧书林间坐，
名师桃李满天下。

2018 年 3 月 9 日

五

戊戌正月洗砚塘，
碧水微波嫩蕊芳。
潇潇清风送春至，
切切乡愁寄雪藏。
白云蓝天悠悠渡，
绿地青草淡淡香。
榆城高校随意景，
学者文献竞荣光。

注：大理大学简称“理大”。

2018 年 3 月 10 日

天池气息

一

云龙天池，彰显水乡的气息。
峰峦叠嶂，保守群山的秘密。
渊旷红叶，潇潇洒洒落英遍地。
稻田橙黄，低头不语泄露窃喜。
峻岭春分，野花烂漫盎然生机。
平川盛夏，骄阳似火勃发活力。
沃野秋景，收获丰盈遍地机遇。
乡村冬寒，白雪皑皑深藏奇迹。

注：云龙县天池在城西五宝山顶峰，水面约 1.5 平方公里，风光四季不同，集湖光山色为一体。

二

蓝天白云鹰鹭翔，
碧水绿地瑞兽藏。
旷野美景迷人眼，
日精月华佑家乡。
圣贤泽川隐龙凤，
悠思难忘画雕廊。
万事缘定达开朗，
怡情养性境清凉。

2017 年 12 月 28 日

叶榆秋

榆城瑞和兆山冈，
风景迷人桂菊香。
苍峰朝霞岚气起，
海滨静练秀泥菖。
天蓝云白翔鹰鹭，
溪碧枫红虾蟹藏。
洱湖深深网渔处，
帆船点点航运忙。

秋　景

立秋放眼观地凉，
西风收霾见天光。
漾江泽泻润沿岸，
玉米苞绽香远方。
日照黛林凝露散，
雾退峰峦驱早霜。
枝青林茂收硕果，
水碧花红饰故乡。

2020 年 9 月 20 日

赏泸沽湖

一

季冬寒潮引雪俏，
丹凤来仪东风早。
皓月高朗有灵犀，
霞涌山寨春山浩。

2018 年 1 月 14 日

二

观景性急翻山道，
泸沽湖畔奇景游。
摩梭走婚桥头笑，
滩涂难寻野鸭洲。
荒村黯黯密寒雨，
山野萧萧冬似秋。
白蕊腊梅崖边俏，
茶花红颜望江流。

2018 年 2 月 7 日

吉旦踏青

一

水灵龙气隐，
湍急蛟腾江。
柳绿鸥鹭起，
苔青蟹虾藏。
天空浮云远，
地广江湖长。
雁过野村外，
鸡鸣迎朝阳。

二

吉旦出游好风光，
空山新雨润芬芳。
望江亭畔荒原秀，
云龙桥下漾水长。
林茂松森峰叠嶂，
古道人家福禄昌。
沧海桑田还始美，
放眼青山是故乡。

注：2019 年元旦节于漾濞县苍山西镇。

元宵夜

其　一

元宵月华泻岭冈，
茶花争艳斗芬芳。
三五好友举杯处，
四面银色皓凝霜。

其　二

峰叠树翠风来挤，
精耕细作绿依依。
巍巍青山村寨美，
潺潺流水清碧溪。

2018 年 3 月 2 日

杏林春

神农百草尝药效，
望闻切问解患焦。
古法艺精治疾患，
良医除疫不相骄。

推拿针灸强元气，
国学传承兴不凋。
传承华夏古方药，
悬壶济世用奇招。

2018 年 2 月 5 日

花桥寨元梅

博南古道赏梅花，
艳丽脱俗绽树杈。
风霜雪雨不足惧，
冰凌冻枝欲抽芽。
曾为大尖岭下客，
浮云流水似觅家。
望空常盼雁归至，
叶枯芽新显芳华。

注：永平县花桥村“博南古道”博物馆内的古梅为元代种植，树龄已有 800 多年，其高近 7 米，树冠径约 8 米，犹如巨型盆景。

2018 年 2 月 15 日

石门关传说

其　一

壁立千仞外，
石门天劈开。
山崖居奇士，
金牛倒骑来。
舞扇随云驾，
驰步鹤惊呆。
瑞景兆岩顶，
悟道坐禅台。

2018 年 4 月 7 日

其　二

达摩面壁悟善恶，
仙风遗迹任君说。
云深水急境幽远，
栈道岩阻炼巧活。
老君灵隐云崖险，
小童参禅似佛陀。
苍山厚积千年雪，
瀑布薄泻一河波。

2018 年 4 月 8 日

其　三

欲得自然清香，
倚天优雅山川。
惊叹亘古圣迹，
峭崖创造奇观。

峡育松柏苍翠，
巅峰达摩参禅。
坡前金牛修养，
岩后泉涌溪潺。

涧中水缠雾绕，
虚空莫测云翻。
境幽美轮美奂，
难悟石门险关。

2018 年 4 月 10 日

注： 石门关在漾濞江边，其势险峻，民间有多种神话传说。

虎头山

其　一

高阳照沘江，
灵台有奇观。
古松藏幽径，
宝塔镇平川。
故地遗旧貌，
新城添景山。
龙云腾升处，
虎跳石门关。

2018 年 4 月 26 日

其　二

紫气东来瑞兽游，
龙云腾远虎山留。
境幽僧隐藏古寺，
斜径夕阳照宇楼。

2018 年 4 月 27 日

其　三

缘起深山寻古寺，
喜逢泚江着盛装。
佛前宝殿香三炷，
日出霞飞万道光。
僧院参禅伴明月，
松烟变墨笔下刚。
修为淡泊蛮荒静，
心无旁骛行远方。

注：虎头山位于云龙县城东南角，其山有形似虎头的巨石，山势险峻秀丽，有佛教、道教古建筑群。

2018 年 4 月 28 日

碧溪夜露

月光皓皓清碧溪，
流水潺潺归海西。
纵使点苍皆翠色，
明前细露润湿衣。

2018 年 3 月 27 日

海舌半岛

鸥鸟越冬叶榆坝，
精灵觅食逐浪花。
又到三月风拂柳，
枯木逢春发嫩芽。
海舌翠色树新绿，
半岛天域占物华。
喜洲篱院莺燕舞，
满园丽秀惠民家。

2018 年 3 月 28 日

小河淌水

孟获藤甲若神话，
孔明戎边士族昌。
唐标铁柱漾江畔，
宋挥玉斧纵南方。
自古知兵非好战，
拓土并山似垦荒。
酷冬难阻春花放，
古滇尽飞七彩光。

2020 年 9 月 3 日

洱源温泉

其　一

洱源湿地产硫磺，
温泉热气空中扬。
村民劳作归来晚，
肌肤池浸人吉祥。
乍暖微寒春花绽，
优哉农耕不思量。
劳逸结合身体壮，
切莫辜负好时光。

2018 年 3 月 15 日

其　二

雕楼静幽花鸟伴，
绿树红房天湛蓝。
斜阳倒影斑斓色，
蝉飞鱼散源自然。
山雄岭秀残葩美，
如痴如醉心畅酣。
彩云之南真奇景，
心情愉悦感自然。

2018 年 4 月 23 日

彝乡铁索桥

一

彝乡山道弯弯，
历经长路漫漫。
三江古渡千年，
四季载客平安。

二

攀登漾江山冈，
鸟瞰铁桥奇观。
露晨沾湿薄裳，
眺望沃野郊桑。

苍麓书院

南诏宏业史诗中，
苍麓书院建奇功。
修史撰书承文脉，
刻牌绘画沐古风。
高贤大德彪炳史，
才俊学人翰墨鸿。
诗韵墨庄丹青手，
叶榆七彩势如虹。

大理户外帐篷一瞥

帐篷清心养大脑，
离群独居心景好。
人间俗务抛天外，
屋檐棲身情未了。
五元素食能裹腹，
三杆日晒忘忧草。
缘起功利随云去，
是非谈泊君醒早。

2020 年 9 月 11 日

秋　思

西风暮色夜雨凉，
树占松森枝叶黄。
人勤地丰禾苗壮，
春种秋收晒精粮。
仰天叹空俯首看，
世事如棋细思量。
浮云躁动飞神马，
静水平湖隐龙王。

2020 年 9 月 18 日

巍山拱辰楼

其　一

南诏有名楼，
春来早去游。
瑞气山间发，
祥云天际溜。
四季祥和地，
几朝写春秋。
形胜当如此，
心静何需酬。

其　二

南诏雄镇关上下，
百二河山福泽乡。
蒙舍逐鹿烽烟起，
白洁夫人吊国殇。
万里瞻天开宏运，
拱振楼载新华章。
德华碑存任君看，
点苍会盟史册藏。

2019 年 3 月 28 日

老君山

其　一

阳春踏青入山来，
阴翳杜鹃未曾开。
白云绕道影何现？
龟石负重养痕苔。
鸟鸣深涧影不现，
风萧林涛耳旁猜。
卧佛修身崖间在，
逸仙灵通性优哉。

其　二

金龟攀岩隐缘由，
霞映秀林藏翠楼。
流水潺潺峰前转，
清溪浩浩向东流。
天生顽石难远去，
地选秘境侠客游。
壁立峡谷皆胜景，
老君炼丹为谁留。

2019 年 4 月 22 日

游俄罗斯

雕塑也俏

雕像精艺术，
宫殿若美图。
置身异国景，
彼此不唐突。

涅瓦河

夏风吹拂涅瓦河，
碧水蓝天两相和。
乐尔巡洋舰炮响，
冬宫旗降成空壳。
城堡历险今犹在，
世事沧桑岁月蹉。
叹息古往兴衰事，
穹顶之下际遇多。

2018 年 6 月 25 日

夏宫喷泉

喷泉花园若瀑布，
亚当夏娃似曾住。

仙女托瓶洒圣水，
滴露飞溅落玉树。
秀美雕像遗精髓，
惟妙惟肖塑奇物。
镀金宫殿奢华尽，
芬兰湾前人闲步。

2018 年 6 月 26 日

叶卡捷琳娜宫

造型奢侈庭院幽，
叶宫深处琥珀留。
林荫蔽月双无影，
绿地高阳一回眸。
楼亭难觅女皇迹，
华灯如故锦簇柔。
导游细解沙俄事，
涅瓦河水尽情流。

2018 年 6 月 28 日

观　海

一

蓝天碧水骄阳艳，
快艇奔驰浪花涟。

滑翔飞升惊游客，
伞下波涛海纳仙。

2018 年 7 月 8 日

二

海阔天空展笑颜，
碧波涛勇江流漩。
滩涂银沙耀人眼，
游人熙攘船竞先。
奇峰丽水雨林秀，
岩麓雾霭似炊烟。
潜泳能伴鱼虾秀，
浪翻白花舞翩跹。

2018 年 7 月 13 日

三

叶飘花亦落，
溪流逝海边。
浪涌涛接雾，
船行水连天。
他乡景似梦，
僻壤人若仙。
游远何日返，
故园梦亦牵。

2018 年 7 月 19 日

宇宙大酒店

宇宙酒店堪称大，
上千标间框中挂。
世界大道汇人流，
各国精英盛名下。
牛奶面包有鲜味，
农展馆内无虚假。
飞船天际傲日月，
火箭载入纪念塔。

2018 年 7 月 20 日

圣彼德堡

一

双头鹰飞北极边，
傲视西东数百年。
十月革命舰炮响，
冬宫吐故展新颜。
卫星上天旗落地，
雕像坚立悼前贤。
苏联解体堪绝唱，
游历观光忆从前。

2018 年 6 月 29 日

二

古堡奇花遍地开，
游客探幽久徘徊。
曾闻此间生白昼，
夜以继日演兴衰。
雕栏玉砌珍品饰，
浮云金垒危堡哀。
精巧淫靡谬风韵，
贵胄奢侈尽尘埃。

2018 年 6 月 30 日

告　别

俄国行程短且空，
感受领略太匆匆。
走马观花认知浅，
待读史书辨析宏。
他乡风情从来异，
故土锦绣无与同。
豁然开朗华夏美，
行者无疆隐龙踪。

2018 年 7 月 26 日

鸡足山

其　一

炫目五彩韵美景，
举头三尺有神灵。
佛云灵雾缘造化，
吟风悦诗君且行。

2019 年 1 月 3 日

其　二

鸡足涧深景清幽，
峰远塔高倩影留。
晨钟震山飞灵鸟，
暮鼓敲动瀑布流。
晚霞耀幻天七彩，
夜阑月照地九州。
林涛清风知冷暖，
香客欲步又眸秋。

2019 年 1 月 4 日

西欧游

意大利斗兽场

野蛮残忍斗兽玩，
奴隶血拼透心寒。
断壁残垣昭日月，
危墙玉砌魄难安。

斗兽残暴狮子跳，
情趣野蛮多残暴。
沉舟侧畔千叶帆，
沧海桑田谁写照？

2018 年 9 月 14 日

教　堂

教堂庄严游人仰，
建筑恢宏堪壮观。
构思典雅造型美，
光阴荏苒问金銮。

2018 年 9 月 23 日

雕　像

西欧古典雕像，
形态美轮美奂。
缤纷目不暇接，
斑斓眼花缭乱。
身姿健俏逼真，
精湛传神尚善。
品鉴瑰宝艺术，
美感源于灿烂。

2018 年 9 月 24 日

野天鹅

瑞士亲历传信鸽，
湖清巧遇野天鹅。
飘逸自然难舍割，
吉祥福瑞越海河。
云霞伴飞游彼岸，
流水环山绕城歌。
两色邮轮笛鸣起，
九霄仙鸟应声和。

注：瑞士苏黎湖景美、湖清，游客在湖边观赏野天鹅嬉戏。

2018 年 10 月 2 日

古道梅

一

花桥元梅前人栽，
冬至迎雪傲霜开。
恒泰千载历沧海，
暗香袭人佳客来。

二

数九梅已放，
冬至夜深长。
黎明饮甘露，
日暮伴寒霜。
偶听驼铃响，
独瞰蹄草芳。
百载等闲过，
千年树未央。

三

亘绵澜江水，
流润万重荒。
梅瓣飘峡谷，
清风传暗香。

俯姿蕾蕊绽，
傲骨历沧桑。
淡泊出雅士，
惜君入梦乡。

四

古道沧桑岁月悠，
迎霜纳雪近千秋。
峰叠岩嶂凡尘远，
梅香叶枯傲骨留。

注：永平县花桥村保存有元代种下的古梅树。

碧溪感通

圣应峰高入云霄，
环抱灵池乐陶陶。
凤眼洞藏仙人笑，
黑龙桥畔天宝豪。
点苍霞客记游壮，
感通担当书画遨。
历经春秋山河在，
布衣贤士吟洱涛。

注：2019年春游苍山圣应峰南麓随笔。

台州商会年庆

其　一

台州临水背山靠，
精英翘楚走四方。
敢为人先大发展，
经营繁昌商贾忙。

2018 年 5 月 19 日

其　二

东海台州卧龙藏，
南翔彩云瑞白乡。
精英云集翘楚会，
商谋宏图绘华章。

注：大理州台州商会年庆会随笔。

2018 年 5 月 20 日

西双版纳印象

其　一

梦幻版纳孔雀翔，
凡尘美景韵山乡。
芦笙竹楼溪水荡，
植被繁茂百花香。
峰林叠嶂灵鸟唱，
旷野无垠马放缰。
蝶舞蜂狂迷幽草，
蝉鸣庙宇远方荒。

其　二

风情万种倩身段，
傣女明艳锦霓裳。
婀娜多姿柔涵养，
涅槃展翅舞飞扬。
浴火重生彩金凤，
迷恋忘归璨南疆。
漫游景洪心震撼，
返璞归真意安康。

2018 年 12 月 17 日

古道马帮

其　一

历经沧桑见行商，
久违山林走马帮。
山道湾湾溪水潺，
蹄印深深铃声长。
曾几负重到僻壤，
赶集转街游村乡。
满载货物寄希望，
披星戴月信由缰。

其　二

脚踏实地何所惧，
丝绸之路逸风光。
不以物喜怡心旷，
云升雾化磅洪荒。

2018 年 4 月 29 日

赏梅品竹

其　一

寒梅斗艳枝骨硬，
翠竹尖叶节空心。
幽僻养性如藏玉，
稠闹善德胜怀金。

其　二

梅开荒原洱河秀，
雪掩苍山秀岭横。
旷野翠竹弯腰笑，
奇花竞艳闹榆城。

花之态

其　一

春暖花开香自来，
闹市僻乡惬意在。
殊姿优雅出精彩，
阳光雨露时不待。

其　二

素颜对天何依赖，
芳华随缘无好坏。
存必高艳落不衰，
宠辱不惊花之态。

重阳景趣

黍禾摇曳迎苍月，
硕果归仓满栅栏。
叶落方知芳已尽，
降霜偶见荷渐残。
彩霞映菊含羞笑，
美酒盈杯溢味宽。
重九攀高怡景趣，
南飞雁队远江寒。

苍洱拾萃

青葱岁月话桑麻

农耕天地

一

秋风落叶萧萧下，
菊桂馨香显灼华。
林动景喧人影绰，
核桃落地去泥沙。
群山幽幽观田坝，
山村耕耘伴晚霞。
待看来年登顶处，
稻花飘香建新家。

二

弱冠风华乡间在，
而立鸿飞视野开。
水色天光皆倒影，
苍穹不语共徘徊。
百二河山南诏地，
妙香佛国秘景台。
青葱岁月磨意志，
枫红云白显胸怀。

注：唐代南诏国有“百二河山”之说，“百二河山双鹤拓，千秋文献一楼存。”

三

曾忆昔年做农翁，
耕耘劳繁当为公。
时几诗书难详解，
身无长物腹囊空。
心知应以先天下，
学海无涯仰苍穹。
愚笨奋蹄经伏枥，
勤能砥砺不期功。

四

锄头镰刀窄扁担，
锻炼成长历山乡。
箩筐担粮肩如铁，
草帽棕衣简朴裳。
身居僻壤强心志，
披星戴月勤垦荒。
点瓜种豆堪回首，
天地广阔爱戎装。

五

知青田野学文化，
修身养性壮生涯。
挥毫宏图追梦远，
文章德佩报中华。

故乡情

当年农耕锻炼的村庄，
青山绿水、生机盎然。
彼时，载种的果树茂盛茁壮。
此间，草舍难觅青瓦白墙。
当年，莺飞草长梨花香。
眼前，乡亲会面鬓发霜。
遗憾，光阴荏苒仰天叹。
振作，时不我待求发展。
都知面包甜香，
谁见田野流汗？
闻鸡起舞日落归，
连片麦穗金浪翻。

春天播下希望的种子，
秋后硕果丰收粮仓满。
垄上行，青春短暂。
学农艺，栽种垦荒。

岂畏惧路茫茫云滚浪翻，
毕竟有诗和田野在远方。
溪水潺潺花浪漫，
好梦为山乡导航。
科技与硕果同在，
创新与业绩共长。

感恩遥远农耕岁月，
懵懂少年百炼成钢。

注： 笔者1973年高中毕业后到永平县龙门乡、箐门口村当知青，时常会怀念“第二故乡”。

2019年4月1日

山村结对帮扶

秋风落叶萧萧下，
金桂飘香处处花。
溪唱鸟鸣云影动，
山高坡陡勇攀爬。
景幽树绿核桃坝，
嫁接良苗送彝家。
待到丰年收硕果，
村乡脱困民众夸。

2018年1月12日

厂街少年

一

垂髫骑竹马，
总角担柴卖。
崖寻金银花，
湿地摘野菜。

二

勤劳是喜爱，
历险算能耐。
研磨顺口溜，
趣在诗意外。

三

历练出真意，
奈何世百态。
艰辛难相忘，
杖乡当豪迈。

注：作者少年时期，曾有幸在大理永平县厂街乡生活。

2018年4月9日

星月点苍

其　一

墙头葫芦占位高，
虚心慈竹叶不翘。
傲骨梅无仰面花，
多子葵常朝天笑。

其　二

私语窃窃心若狂，
公然昭昭细思量。
银光熠熠飞天镜，
星月闪闪映点苍。

2018 年 2 月 2 日

苍山植物园即景

红蕊盛妆欲登场，
绿叶映衬蜂舞狂。
访得苍洱风光好，
山茶鲜艳花果香。

2018 年 3 月 11 日

苍山不老

其　一

天若有情天亦老，
地如无界地绝垠。
海纳百川流溪汇，
壁立千仞竞嶙峋。

其　二

远离烦恼垢，
增长菩提心。
眼眺自然美，
淡泊俗世金。

2018 年 2 月 24 日

其　三

苍山不老存古木，
绿草易枯春又生。
碧水滔滔流无尽，
红尘滚滚泾渭明。

2018 年 2 月 27 日

小普陀观鸥

我羡慕碧空翱翔的鸥鸟，
孟冬到南方取暖，
仲夏飞北方逍遥。
随性而居，自由妖娆。
捕鱼捉虾，嬉戏逗闹。
惬意淡然，无须烦恼。

我深吸湖边清新的空气，
思绪随着波涛浮漂。
鸥鸟在水面跳跃，
鱼儿在水中微笑……

2018年10月18日

秋　念

岭坳峰高入云天，
涧深水低淌林间。
此身修定凡尘境，
淡泊宁静不羡仙。
神兽麒麟何曾见，
雀跃草木乐趣添。
若偷浮生半闲日，
乐也融融禅意巅。

大理万人马拉松

晨曦湖畔艳阳照，
鸣枪发令吉时到，
天泰·大理马拉松起跑。
万人竞技，无分老少。

小桥流水环城绕，
汗流浃背身俊俏。
运动情趣兼顾，
帅哥靓妹都称道。

笑渐不闻身渐远，
花红柳绿，鹰飞雀跃。
蓝天云腾，山间霞照。
砥砺前行无烦恼，
健儿拼搏斗志高。
强身健体是目的，
追逐超越过程妙。

2017年5月21日

鹤立似睡

让心累的闹钟上紧发条，
能否解除烦恼和疲劳？
“闹市长怀山中静，
雨窗无客还是书。”
阅世岂能不看书报？
书到用时方恨少，
九死一生或许好。
人生圆梦，磨难是大考。
鹤立似睡，谁解其中妙？

2017 年 3 月 26 日

秋　声

草蔓花枝旷野开，
清风化雨香客来。
寻常凡间自然景，
无需琼山牵强栽。
仙道灵隐今何在？
云缠雾绕古禅台。
初赏四书国学粹，
终析六艺得栋材。

2020 年 9 月 21 日

云南驿怀古

一

茶马古道的繁华映衬着半坡的月亮，
小河淌水的古乡再现昔日的荣光。
我用怀古思幽的心绪去畅想，
沙溪古戏台如何演义历史的辉煌。

2017 年 1 月 14 日

二

彩云南翔是汉武帝梦中的吉祥，
古滇拓疆、史诗般夯实了鸿昌。
修五尺道、缓解了崎岖山路的艰难，
驿站之旅、商贾在历史篇章中列装。
车轮滚滚、曾让茶马古道彰显辉煌，
世事沧桑、苔痕阶绿古驿退出繁忙。
腾笼换鸟、生态文明助推边疆发展。

注：祥云县云南驿镇，系古代南方丝绸之路上的咽喉，也是茶马古道上的重要驿站。

2017 年 8 月 15 日

孟春行吟

一

已亥孟春，踏青赏玩。
游湖之北，江尾邓川。
渔歌西起，雁飞东南。

二

白洁故里，似有硬伤。
血泪当年，兵戈相向。
松明楼内，豪强身亡。
南诏雄起，建设边疆。
白州先辈，奋发图强。

三

天宇趣谈，史迹远航。
德化碑记，泽归大唐。
点苍会盟，堪留书彰。
文化名城，初现瑞端。
宋挥玉斧，元兵征战。
历久弥坚，事有彷徨。

四

既往不表，圣迹毓方。
秀峰高耸，巍峨点苍。
百二河山，并流三江。
白云悠悠，顺风和畅。
山韵翠色，玉洱拖蓝。
地灵人杰，恒久泰安。
三生幸得，七彩故乡。

2019 年 3 月 5 日

鹤庆土银匠喜进高校

小锤传世千年艺，
银匠走出十万山。
高校学师辉煌续，
水乡银都再攻关。

注：喜闻被民间誉为“银都”的鹤庆县新华村，推荐当地土银匠到高校学习深造，提高民族银、铜工艺水平。

2017 年 11 月 27 日

人生应该要去的地方

曾否听到召唤？
大理是人生应该要去的地方，
若有幸生活在叶榆之下关，
这里有世人期盼的泰安！
天龙八部的传奇，
南诏大理的船帆。
崇圣寺宝殿恢宏，
三塔倒影的迷幻。
望夫云凄惨传说，
蝴蝶泉绚丽风光。

苍山岩峰伟岸，
洱海洪湖细浪。
小普陀霞光的祝福，
情人湖畔的阳光沙滩。
感悟世居白族的清白传家，
领略风、花、雪、月的浪漫。
穿越南诏秘境的风情走廊，
大理是古迹传说与美景交融的迷宫……

注：叶榆是西汉时大理古县名。

2017 年 5 月 11 日

静水历沧桑

一

谁识亘古尽苍凉？
时光烂漫旷野荒。
群峰不语云飘荡，
孤塔傲立耸山冈。
石阶堪磨变迁世，
古道载物商贾忙。
斗转星移日月转，
空山静水历沧桑。

二

广阔无垠的山川是谁创造？
碧蓝的洱海是故乡的怀抱。
生命之树在原野中茁壮成长，
春种秋收阳刚阴柔和谐巧妙。

2017 年 12 月 2 日

银江河、岩北山

小河点亮霓虹奢华，
大桥镶嵌石栏简单。
粗看河畔温柔润尖山，
细品田园硕果结新光。
昔日溪流潺潺曲硐境，
如今清泉漫漫龙门乡。

沿蜿蜒的银江公路到岩北村参观，
看到了“中国核桃第一村”的霞光，
这是永平县山区脱贫致富的样榜，
慧眼超前既强经济又抓教育发展。

均衡教育，少年强则中国强。
环境优美，为学校静雅点赞。
核桃精品，是峰峦沃野辛劳。
山涧高歌，颂村民自豪骄傲。

注：银江河流经龙门、博南、厂街等乡镇，“尖山”“新光”“曲硐”“龙门”“银江”均为地名，“中国核桃第一村”厂街乡岩北村，时有2118人，37600亩核桃。

2017年10月11日

龙尾关

一

我在苍山将军洞闲游，
眼见龙尾关弥坚留久。
昔日雄镇关迤的古堡，
如今歌舞升平似茶楼。
白云悠悠飘过山口，
历史记忆涌上心头。
百二河山千秋伟岸，
苍洱风光天长地久。

二

生态筑梦立首功，
关迤古城留诏宫。
清风拂过叶榆地，
霞彩照山虹贯空。

注：大理的上关、下关（关迤龙尾关），均为古代军事重镇隘口。

镜头之下

镜头之下，晨曦晚霞。
云萦雾绕，幻峰险崖。
如诗深邃，似画蒹葭。
描绘山水，舒志赞花。

2016年11月16日

人在深山

金秋稻香飘，风物景色妙。
攀登哀牢山，俯览群峰小。
板栗青核桃，开心能吃饱。
鲜花随意开，甜果多极了。
清新氧吧醉，旷野尽兴跑。
溪流清悠悠，忘忧是个宝。
绿树蔽荫凉，高楼顺溪绕。
青峰映碧水，锦绣前程好。

2017年10月14日

杉阳的灯光

杉阳、杉阳，
怎能把你遗忘？
城关学校的楼房，
阿海寨村角的灯光。
偶然有半年多的机缘，
伴随了我少年的成长。

早间上山砍柴，
中午下地种菜，
点滴耕耘的收获，
直面一个真实的年代，
即使在睡梦中，
也有甜蜜回忆的存在。

光阴荏苒，
一切都变化太快。
还未曾走进青葱岁月，
金秋的收获就已经在等待。

今天、阳光灿烂，
应沟沿村朋友之邀到杉阳，
再次回味了当年的成长，

曾经沧海难为水，
若到雾虹水漫云。
白驹过隙山乡巨变，
似已穿透了魂牵梦绕的情怀，
无论何时、身在何处，
我深深祝福第二故乡的未来。

注：阿海寨、雾虹桥、沟沿村均是永平县杉阳镇境内的地名。

2017 年 12 月 16 日

立　夏

蜻蜓点水荷池塘，
春耕栽插时令忙。
碧溪幽谷青竹翠，
牧童笛声伴紫阳。
石榴花开流莺唱，
风拂秧苗田野凉。
晚归畅饮何言醉，
良辰美景夏日长。

2020 年 5 月 1 日

忙　种

其　一

南风拂翠冈，
小麦穗金黄。
农夫垄间喜，
挥镰夏日长。
耕田看忙种，
秧苗水清凉。
待到金秋至，
稻香满仓粮。

其　二

池塘鸣蛙水清凉，
插秧流汗背灼光。
梅天风雨不知热，
欲耕富裕话农桑。

2020 年 6 月 5 日

其他

叶榆抒怀

龙首关开鲜花浓艳妖娆萦绕蝴蝶，
龙尾关吹清风沁人心脾轻拂柳叶。
点苍山英姿伟岸雄镇南诏，
玉洱海碧波千顷明眸似月。
十九峰挺拔峭耸俊美如画，
十八溪曲折流淌奔流不歇。

攀“凤眼洞”观天下笑口常开，
越“舍身岩”罕见佛光仙踪不绝。
玉带云游隐担当和尚灵泉取水，
晚霞夕照品感通香茗润肺活血。
百二河山田肥水美林茂物丰，
苍洱毓秀清白家风德化忠洁。

怀抱千年三月街的梦想，
践行一街赶千年的基业。
三塔高耸彪炳千秋，
历经大理风花雪月。
彩云南祥丝绸吉地，
博南古道地灵人杰。

看大理历史文化名城的辉煌成就，
赏白族精英名冠中西的丰功伟业。
赞金花妹婀娜多姿情歌撩拨心扉，

鉴阿鹏哥木雕珍品建筑南疆奇绝。
借点苍神威建设幸福美丽大理，
托洱海洪福构建边疆社会和谐。

注：“凤眼洞”、“舍身岩”系苍山龙泉峰普陀崖之秘境，龙首关（上关）、龙尾关（下关）是古代大理留存至今的两个重要关隘。

2018 年 4 月 11 日

大理电影博物馆

黑镜头、蓝镜头，
记录了那些年头。
东看看、西走走，
日子终归有盼头。
有噱头、有源头，
心细如发看镜头。
镜头中，黑白分明。
世间，善恶美丑，
男女，恩爱情仇。
世态风情存镜头，
是非恩怨有缘由。

2017 年 6 月 7 日

三月好风光

大理三月街是文艺和商贸的狂欢，
白族儿女将霸王鞭舞打上点苍山。

弥渡小河静静流淌，
花灯广场月亮汪汪。
南涧喜庆跳菜粗犷豪放，
宴友待客果酒竞相品尝。
宾川鸡足山美景世间无双，
田野绿树红果葡萄串串。
巍山传统小吃尽是特产，
林林总总的美食入口脆香。
鹤庆工艺小锤敲过千年，
铜银器精湛誉满白乡。
剑川阿鹏哥木工世代祖传，
雕梁画栋让建筑气宇轩昂。
洱源茈碧湖清澈似明镜。
谁将凌云耸崖劈开成就石门关？
光明寨核桃露若云上之琼浆。
祥云驿站虎飞平川，
彩云之南再创辉煌。
滇缅公路绕山入云端，
博南古道是历史的远航。

云龙腾升覆盖在雾虹之上，

澜沧江将诺邓古盐运向远方。
洱海清大理兴是白州的期盼，
玉洱银苍屹立在祖国的南疆。

注：大理三月街，每年农历三月十五日在大理古城西门外举行，会期七天，有“千年赶一街，一街赶千年”之说，是古老而繁荣的贸易集市，也是白族与各兄弟民族民间文艺体育交流的盛会。

2018 年 4 月 30 日

傣　乡

江岸竹楼凉爽，
卜哨担水回乡，
碧波倒影荡漾，
映衬倩影梳妆。
村寨依山伴水，
山峰芦笙乐管。

独木成林展奇观，
傣乡自然韵风光，
古树参天蔽日月，
峻岭繁茂增栋梁。

2017 年 4 月 17 日

民居随缘

一

生命瞬刻永恒，
空间承载宝地。
叶落漫空飞舞，
流水鱼虾相戏。
恒心追随自己，
扬善抑恶明理。
进退当能自如，
处事结缘随喜。

2017年12月13日

二

时光煮雨沉醉，
空间苍穹明媚。
深夜寒流透骨，
晨曦阳光暖胃。
玉洱银苍鸿昌，
风花雪月霞瑞。
心累悟道独归，
舌品世态百味。

2017年12月14日

沙滩发呆

普陀、金梭，
洱海有自己的小岛。
阳光、沙滩，
紫外光普照。
游泳、赛跑，
情趣皆妙。
读书、看报，
世事知晓。
听风、观涛，
发呆的沙滩真好！

曾忆竹马山冈，
雄心穿越时光。
回眸深顾群山，
寻觅远方沧桑。
淡泊功利不再，
杖乡须保健康。

2017年6月1日

泸沽湖的呼唤

一

如果你看到水比天蓝，
会否怀疑自己的眼光？

泸沽湖是真实美丽的存在，
应是远古洁净无瑕的由来。
有“狮山圣女”的特殊喜爱，
还兼“玉龙第三国”的厚待。
摩梭阿夏、阿注的走婚，
似伊甸园般受人爱戴。
无须海誓山盟，
但得余生相伴。
世外桃园不是猜想，
五彩缤纷竟似天堂。

二

如你生性好奇寻根问底，
盼望在秘境中找到答案。

里格岛的幽静安宁，
彩云之南泸沽湖，
是应当要去的地方。

这里找不到物欲横流的念想，
自得其乐化石般将景观守望。
在湖光山色中坚守古朴，
去保存人类曾经的向往。

注：泸沽湖位于云南宁蒗县与四川盐源县交界处。

2018年2月10日

澜沧江畔

仲冬的天空飘着淡淡云朵，
澜沧江面游过优闲的白鹅。
村民在野山林地愉快地劳作，
微风掠过江面泛起鳞状细波。
找不到木船的我怎样渡江过河？

七里之外是古旧州的村庄，
彩凤城张灯结彩物流繁昌，
四方八寨村民赶场。
商贾云集笑语欢畅，
人头攒动喜气洋洋。
乐也融融盛世景观，
跨江大桥似彩虹般飞架。
见不到“越兰津”“渡澜沧”的古货郎，
细雨微风温柔地拂过我的脸庞……

寄远方

等你，
无论刮风下雨，
不管月明星稀，
何畏山高林密。

君远行前的回眸，
那是心中的甜蜜。
山重水复，
物博人稀。
无论是蛮荒遍野，
是否繁华宝地，
血脉与山水相依。
依稀有刚毅的身影，
牵动着肺叶的呼吸。

朝霞晨曦，
眺望远方，
期不负众望。
彼此无憾，
应有奇迹……

2017 年 10 月 30 日

水目山、天目山

一

水目是江河之目，
天目是苍穹之目，
眸子是人类之目。
随缘是福，
知足是福。

二

水目天目莲花开，
仙人当应住蓬莱。
且知翠叶留不住，
唯剩阶前绿青苔。

注：祥云水目山，深山藏古寺，凡尘有玉宇。古梅逢春，山茶竞艳，古井、灵塔、佛舍利，香客流连忘返。天目山同样是祥云县的名山。

2017 年 1 月 25 日

情系花桥

看古道元梅伴随断壁残垣，
仙人掌倚墙老迈。
不禁怀古幽思心绪难消，
让历史往事在心中萦绕。

谁走过千年前的街道？
博南古道涧深险要，
马帮铁蹄磨穿碎石多少？
经商的货郎爬山过河坎坷奔跑。
“汉德广，开不宾。度博南，越兰津。”
耳熟能详的民谣，
回响散落在群山怀抱。

游人如织赶山街，
商贾云集做买卖。
群山四处歌声起，
内外宾客远道来。
晨钟暮鼓依稀在，
月落乌啼时不待。

重拾几近遗忘的记忆，
让岁月将往事丢抛，
待时光与信心赛跑。
博南道天高海阔山川浩渺，

幸得大尖山氧吧自然拥抱。
盼彩云之南前行征途永平，
艳阳吉光持续在群山常照。
情系世居深山的各族儿女，
茶马古道隘口“花桥”……

注：花桥村在永平县，是博南古道的重要驿站，现存有元代古梅树。

2018 年 12 月 3 日

浣溪沙·踏青

洗马潭边踏青游，
日高盛夏雨难求。
杜鹃似锦迷入梦，
山川不掩涧溪幽。
草繁林茂唯蓄势，
点苍泉水尽情流。

2015 年 7 月 2 日

假日乐

一

拂尘双钓三节棍，
太极链环八卦掌。
黄衣白裳袭古装，
队列操演气清爽。
花红柳绿滋草木，
藕甜稻香心清敞。
出力流汗人欢畅，
同舟共济身健朗。

2017 年 8 月 6 日

二

湖宽鱼伴游船跳，
堤岸野花着彩装。
暮有露珠润草木，
晨曦万物迎朝阳。
歌声曲曲谁人舞？
白云飘飘行无疆。
桂菊千枝情难诉，
芙蓉十里送清香。

2017 年 8 月 12 日

夜历碧溪

月明星稀的夜晚，
借微醺壮胆，
缘友结伴攀苍山。
不觉闻来到了碧溪感通寺旁，
这是先贤居住的地方。

担当修行，
侠客撰文。
升庵写韵，
寂照慈航。

没有物欲的奢想。
山路崎岖、四处幽暗，
越深山若履平川。
脑静如止水、心慧眼亮。
夜凉、没有朝阳下的马嘶花放，
仅能用心境去感受静寂的山峦。
听碧溪清流静淌，
似品尝甘露醇香。

一切均不是梦幻，
愿银月留住美好的夜晚。

2019 年 8 月 6 日

农祥公司庆丰收

一

绿野鲜果挂树梢，
农祥生态似绿涛。
桃红李白皆辛苦，
茎嫩叶翠靠勤劳。
桑榆田隅花枝俏，
繁花如锦艳阳高。
苍洱之滨人欢笑，
云白水碧乐陶陶。

2018 年 5 月 23 日

二

篝火晚会真热闹，
庄稼生态无烦恼。
农祥产业节节高，
天润作物旺旺好。
三塔倒影身姿娇，
一川田园飞翠鸟。
风调雨顺新面貌，
硕果金秋福泽到。

2018 年 5 月 24 日

白族三道茶

一

日出雾迎霞，
风瑞百姓家。
碧溪林荫下，
酌饮三道茶。

二

暇逸邻里话，
烦忧忘天涯。
名利薄情事，
僻野尽闲花。

三

辛而回甘，
大道至简。
香茗心静，
雅饮悟禅。
境界三昧，
哲理世间。

注：白族三道茶：一苦，二甜，三回味，借喻人生事物的辩证关系。

仲夏即景

仲夏柳蝉噪，
无雨暮难凉。
河畔楼阁静，
蛙声唱日长。
秧苗覆田陇，
荷塘白鹭翔。
青山依绿水，
洱河盼归航。

秋览“南诏德化碑”

为追春意游苍山，
鸿雁飞翔玉洱欢。
佛国妙香僧向往，
白州古邑虎龙盘。
遥知边寨峰烟起，
唐将远征霜雪寒。
德化碑书漫漫事，
沧桑日月自然安。

注：在大理市太和城遗址内矗立着1200年前的“南诏德化碑”，高3.97米，宽2.27米，记录着唐代南诏时期的往事。

江城子·果园初张

仲冬之后水更凉。彝乡忙。细思量。勤劳增产，林地不能荒。期待根基更巩固，应巧干，铸农场。

金风收获上山岗。树高张。坚果旺。满坡核桃，唯有箩筐装。但闻箐深锣鼓响，村节庆，吉祥乡。

2017年12月21日

醉垂鞭·渔家

花蝶舞绣裙，渔家乐，船设晏。帆过不留痕。碧水犹似镜。

洱海景观好，佳客至，鼓乐声。乡愁盈眸昏。彩虹天上云。

2015年6月26日

图 趣

观牡丹图

国色牡丹纳天香，
谷雨绽放园艺彰。
骚人墨客纷沓至，
笔舞龙蛇竞夸张。
嫩蕊如盘着妆秀，
美艳红紫尽芬芳。
洛阳聚会不摘冠，
花中之王谁敢当。

2019 年 4 月 13 日

观长城图

峰巅伟岸景观好，
勾勒点染技法妙。
长城护国镇山川，
万里雄风画中宝。

2019 年 4 月 14 日

观荷塘清趣图

一

方塘鱼戏藕花开，
凌波繁艳招客来。
湖畔瓜田柳荫下，
听风观雨人悠哉。

二

陋室狭窄四时景，
繁芜旷野百卉馨。
不期霞光重重彩，
但愿炊烟缕缕青。

2019 年 4 月 16 日

三

方塘芙蓉沐薰风，
风光不与春日同。
二朵白蕾展颜笑，
两条红鲤戏水中。

2019 年 4 月 19 日

己亥叶榆夏旱

一

仲夏无雨洗骄阳，
芒种秧苗枯且黄。
蛙鸣旷野催时令，
担水保绿汗换粮。
柴扉桑农凉夜卧，
幻听潇声喜若狂。
但盼甘露滂沱至，
击壤田歌翠池塘。

二

阳春雪先退，
小满地未闲。
荷叶出泥秀，
榴花结子甜。
洱海拖蓝碧，
苍山笼翠园。
田耕迎喜雨，
黎民盼丰年。

2019 年 6 月 6 日

喜　雨

一

潇潇细雨润苍洱，
瑟瑟溪流挂彩虹。
旷野茫茫飞白鹭，
山川渺渺黛色浓。
水光潋滟荷花绽，
田野空蒙牧歌雄。
薰风催开秧苗阵，
蝉鸣高柳接翠茏。

二

久旱地生烟，
夏蝉似入眠。
苍穹藏春意，
骄阳晒地闲。
草萎禾苗枯，
树渴叶不鲜。
南风随喜雨，
沃土得随缘。

茶博馆

一

原生博南古道茶，
心移苍洱伴云霞。
蒸熏明前嫩绿叶，
制作传承茗藏家。
晓出细芽夜承露，
远山飘雾近地花。
适时采摘出佳品，
普洱飘香世人夸。

二

酷暑烈阳热难当，
溪水清风柳荫凉。
采摘阳春雀舌尖，
仲夏沁润芽汤黄。
茶翁啜茗香玉露，
品悟诗书细参详。
彩云之南苍洱境，
风花雪月胜苏杭。

三

欲知普洱到一塔，
院深古茶发千芽。
昔日博南高山住，
如今佳种自农家。
茗汤飘雾知音至，
轻泡细品散烟霞。
甘郁醇香沁心脾，
道骨仙风忘天涯。

注：大理古城一塔寺内普洱茶博馆，茗藏丰富。

2019 年 6 月 14 日

转身即春晖

途经狭路转身轻，
山川广阔任君行。
人心不古冬何去？
君子盛德洁似冰。
疾风劲草辨真伪，
山雄峰黛碧溪清。
江流九曲寻东海，
琴瑟三弦见真情。

2020 年 3 月 1 日

打歌调

一

节庆打歌三哈响，
起跳不响不煞痒。
阿小妹——瞧望，
小哥哥——爽朗，
大火把——烧亮，
迎宾调——唱晚。

二

仲夏月白好清凉，
歌声响处舞姿狂。
山歌急——莫慌，
情真意切私下想，
事事如意才煞痒，
阿小哥——彷徨。
俊哥打歌不孟浪，
靓妹心中细思量，
小帅哥——刚强。

三

广场火把已点燃，
心猿意马跳唱玩。
俏哥哥——空忙。
打歌跳舞有主张，
村边情妹会情郎。
好哥哥——涵养，
起跳因为心欢畅。
盛世年景丰收忙，
爱哥哥——遐想。

四

打歌酣畅舞姿狂，
火把成灰木炭完，
情哥哥——贪玩。
靓妹打歌不张扬，
十全十美才顺畅，
你懂呢——温暖。

注：打歌是一种山区民间的即兴跳舞娱乐方式。

2017 年 7 月 18 日

抗疫诗两首

“木兰”逆行

一

剪去青丝真翘楚，
微笑逆行堪木兰。
白衣执甲济荆楚，
峰青地绿凯歌还。

二

季春山花朵朵开，
清风拂柳悠悠来。
逆行抛家堪勇士，
回归乐居情满怀。

注：为大理州医院医务工作者壮行湖北抗疫而感动。

2020 年 2 月 19 日

凯旋收官

悬壶济世催白发，
妙手回春韵芳菲。
鲲鹏展翅穹顶近，
龙腾云山捷报归。

注：有感于大理大学第一附属医院医护人员抗疫凯旋。

盼相逢·依韵和冼林海先生

小楼宅居筋骨松，
大气成竹尽在胸。
春归荒原草木盛，
雀鸟叽喳影无踪。
亲友难见微信在，
蜂飞蝶舞宏愿通。
但知海阔凭鱼跃，
水碧天蓝鹰击空。

冼林海先生原诗

街静人稀道路空，
蝶蜂群舞在花丛。
枝头喜鹊高歌唱，
野田农夫没影踪。
朋友深交情谊淡，
家人团聚意相浓。
但求瘟疫随风去，
好友亲朋再相逢。

2020 年 2 月 17 日

孟春即景·韵和赵宝玉先生

红樱白雪竞逍遥，
花不凋零山无骄。
更待锦绣金秋至，
遍地瓜果满树桃。

赵宝玉先生原诗

樱花望雪情似浓，
笑问白雪几时融。
待到春回大地时，
你不凋零我不融。

洱畔春韵

苍峰十九白雪消，
阳春三月喜樱桃。
清风徐徐催嫩草，
溪流潺潺拂柳条。
游轮海浪伴欢笑，
普陀梵音入云霄。
洱畔千红万紫美，
来年赏花再相邀。

2020 年 3 月 17 日

苍洱宅居

一

峰雄岭野黛深浅，
云拖月华上瑶池。
如得甘露润春色，
喜鹊夜宿蟠桃枝。

二

点苍壮美韵白玉，
奇石毓秀吐迷烟。
雄鸡破晓天光亮，
马嘶花放人若仙。

游茶马道

曾经沧海商贾稠，
古道桑田靓白州。
德化碑记叶榆竖，
南诏豪杰竞风流。
山雄虎踞神威在，
水秀龙盘秘境柔。
惬适远行砺良骥，
近待伏枥壮志酬。

走过的山水不能遗忘

那一天我来到丽江，
不经意地走进玉龙雪山，
有幸与当地长老促膝言欢。
纳西人有蜜糖般的心肠，
迎我到外似粗放内部精巧的帐篷房。
四周雪白草绿 、峰奇、山俊，
牧场边田野溪水潺潺。
面对伊甸园般的景色，
闲谈的话语不分短长，
很难想像“玉龙第三国”曾有过蛮荒。

世人传说中的圣山，
玉龙峰就在远方。
视觉中有迷人的梦幻，
理想与现实结合令人神往，
在期待中寻觅让心境入梦的山乡。

历史悠久的边疆，
伴随着时代愉快成长。
在灵山圣水中勇敢的向前闯，
从远古跨越到文明世界的脊梁。
文化灿烂胜景陪伴谜般的天堂，
竟能将俗世中的心灵微尘涤荡。

度假就将琐事抛光，
收获的不仅仅是心情舒畅。
行旅采风应保持身心健康，
让惬意若浮云般飘荡在山冈之上，
再去云杉坪的草地追寻光明的远方，
无需将过往的经历仔细回想……

2020 年 4 月 1 日

锁水阁行吟

洱河浊浪黑龙狂，
调风顺水锁水关。
南诏遗韵今犹在，
湖平波清民安康。
点苍晶莹千秋雪，
圣楼霞彩万重光。
百二河山祥瑞地，
茶马古道花卉芳。

注：下关洱河出口，古有“锁水阁（关）”，现已恢复重建为旅游景点。

2020 年 8 月 13 日

秋　分

一

云淡风清水微茫，
桂蕊甘菊放晚香。
暮雨早晴一凉夜，
鹤鸣雁飞入秋荒。

二

碧草绿洲分秋色，
酷热凉爽交织忙。
精绅物质存依赖，
生命光阴共与长。

彝寨婚礼

彝乡婚庆一寨乐，
邻里贺喜十数桌。
狮跃龙舞聚人气，
哥嫂打歌觅快活。
狂音亮嗓惊宿鸟，
树摇枝晃静蕊多。

鸡啼回首星夜半，
寻觅知音莫蹉跎。

注：笔者到漾濞县脉地彝乡，参加当地青年婚礼随笔。

2020 年 9 月 19 日

庚子中秋

雨过青山秀，
秋至月满弦。
独行知路远，
双节喜团圆。
鱼跳怜水满，
雁飞恨天宽。
亲朋举杯处，
不觉星又繁。

2020 年 10 月 1 日

附录：对联

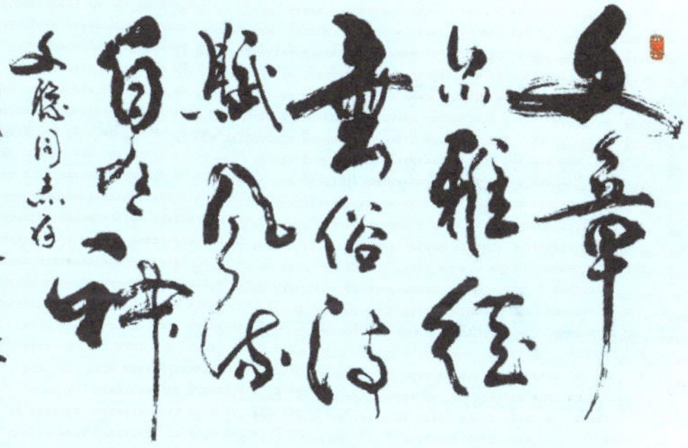

苍山立后叶榆古地丹青巧绘千秋画
洱海卧前大理吉壤风舞弹奏万古琴

十九峰烟霞玉带晴云峰叠翠
百二里岚气渔舟挂帆海涌波

银苍叠嶂十九青峰雪拂面
玉洱扬波百二碧山雨润心

有点苍作陪高山流水
无俗务缠身明月清风

山美石奇骚客墨描求好画
行云流水乐师聪听入佳音

十九峰映斜阳雄姿伟岸山朗石秀
十八溪绕云雾秀美锦帘野媚川清

玉观音阳南洒水凤飞鹤舞
佛圣应龙泉环山虎啸龙吟

晨出观莫残溪双鸳戏水
晚归见隐仙寺群鸟归林

芘碧湖芘碧湖中花花开几度
月镜水月镜水中月月明何时

宠辱不惊闹中取静俯花落
去留无意忙里偷闲仰云舒

清溪情春风水游地
荷塘趣夏雨云行天

老翁垂钓人闲清风醉
青鲢戏水鱼游莲花香

银苍玉洱鹤拓鸥飞福泽地
雪月风花山环水绕居白家

云掩山山掩云千山山谷深峰叠
藤缠树树缠藤万林林地僻景幽

危峰险道激励情怀好寻梦
细雨清风滋润芳草为增辉

点苍耸立群峰峻峭溪流环绕激石岸
洱河平流碧波荡漾舟帆竞发涌清波

点苍山四季常绿青山白云掩峰黛
西洱河千古奔流碧水清波润粮田

澜沧江云龙布雨润春草
西洱河石桥天生渡世人

听松涛风梳翠枝写雅韵
观海景浪拍堤岸镌华章

碧海浪大风帆养目仓厚船实
普陀礁小梵音悦耳心净悟空

文如斯人一身正气无他念
聪明豁达两袖清风静我心

山横南北点苍瀑泻韵龙殿元阳毓秀
水呈东西玉洱峰涌育凤园麓阴纳春

跋

著书者闫文聪与我是忘年交。我是下关中学老三届知青，他在大理市古城、永平县、昆明市等地求学，毕业下乡均在我后，工作后各自在不同岗位上踏踏实实服务了一辈子。他是大理之子，苍山洱海之子。他热爱这块既古老又年轻的中国西南边陲宝地，这里荟萃着无限宝藏，只有独具慧眼的人才能发现，才能为之咏颂诗章。

长期以来，文聪栉风沐雨，在苍山洱海的怀抱中用一双慧眼观察发现宝藏，为山水风光，人文情怀，为一点点一滴滴闪光之人之事而感动。他勤于思考，笔耕不辍，将所见所闻创作记录于笔端。他写诗的体裁不限，古体、新诗、词、对联像十八般武艺，只要可以书写心言，他什么好用用什么。

大理素有“文献名邦”之称，美誉源于历代大理本土文人学士和外来文人雅士合力创作、共同构建。作为新一代的本土诗人，文聪既爱文又聪慧，他承上传下用接力式的倾情实力打造不同作品。正因为“江山代有人才出”，不断有仁人志士的添砖加瓦，文献名邦的大厦才巍然屹立，常葺常新。

作者倾情于苍洱大地的雄山秀水，受其悠久历史文化的熏陶，以亲历亲见，所思所悟，穿越古今，讴歌美好事物，意象在诗情画意中绽放，感悟在声律韵律中娓娓道来，妙语如珠，譬喻精美，部分古体诗引人如胜，对仗工整似楹联，阅之如春风润肺，品之似香茗清心。

品读《苍洱拾萃》，个人有些感受与读者朋友们分享：

首先，诗作将山水之美与文旅推介完美契合。大理风光以“风、花、雪、月”闻名于世，大理是历史文化名城和著名旅游圣地，但普通游客赏大理山水而止于山水，对当地文化知之甚少：看洱海湖有多大，眺点苍山多高，逛古城阅城多旧，凭吊远去的历史尘埃。来时匆匆，走时懵懵，如此而已。其实，文化的差异性才是旅游升级永不枯竭的源泉，于是“文旅”一词得以广泛应用。文聪以诗为载体，全方位推介大理地域文化，客观上起到了助推大理旅游品位的作用，善莫大焉。书中内容广泛，涉猎跨度大，汉武拓滇、唐将南征、苍山会盟、元忽必烈苍山洗马、彝乡大王操兵、抗战峰火等历史风云及现代风物，引发了读者“今人不见古时月，今月曾经照古人”之共鸣。同时，对白族本主文化、特色打歌、彝族跳菜、南诏美食节、元阳国学、品茗文化、茶马古道、商贾贸易、三月街、民族舞蹈及其他民风民俗均有描述，让人耳目一新。既满足了游客的好奇心理，又为游后归程的游客多了几分茶余饭后的谈资，不自觉地成了引发游客身边人初游大理或再游大理的理由，同时也给那些志在访古探幽的游客提供了一份文旅纲目，为其进一步研究大理地域文化提供一个指向鲜明的起点，从而形成文旅的良性循环，筚路蓝缕之功，彰然显然。至于自然山水，有目皆可见，感知各不同。诗人用独到的审美视角，对大理的自然风光做了浅歌低唱般的咏赞，一首首诗有如电影胶带上的一组组照片，灵动地展现大理景观：点苍山之灵秀、洱海之壮阔、天然太极图之奇伟、玉带云之玄幻、樱花之娇艳、海鸥之机巧、渔歌之高亢、云霞之变幻，宛如画境，跃然纸上。让那些即使没来过大理的人也有如临其境的审美享受，不禁让人赞叹诗人行云流水般的文字应用功夫。

其次，相对繁杂的人生履历与达观的处世态度的完美契合。文聪当过知青参与农耕，做过矿山工人，搞过国企供销，又在大理州政府的多个职能部门工作过。可以说职业生涯中的酸甜苦辣，兴衰荣辱都曾有过。然而，不管处于人生什么阶段，社会的什么阶层，文聪都能对生活充满热爱，对工作充满激情，对经历的高低曲直都能做出种种洒脱而具有哲理情调的释怀。这在他的《重阳》《同窗相聚大理》《同事情》《仲夏相聚》《家祭踏青》《诗酒年华》等作品中均有体现。诗人因生活豁达而激情澎湃，因格调高雅而快意人生，书之纸上，呼之欲出，读来甘之如饴，启发良多，当为幸事。

历史因时间而悠久，作品因荟萃而丰厚。一言以蔽之，诗人把多年的作品精选，又经文化高人校阅点评，当然是一本极好的作品。我们爱她，也希望广大读者喜欢她。

张锡禄　于大理大学教师宿舍“种万第”

2020 **年火把节前夕**

作者简介：张锡禄，大理大学民族文化研究院研究员、教授。享受国务院特殊津贴的有贡献的白族学者。

后　记

历史文化名城大理，民风淳朴，山奇水美，气候宜人，唐有南诏国，宋有大理国，“乐土以居，佳山川以游，二者尝不能兼，唯大理得之。”生于斯长于斯，是人生之幸。

笔者喜练笔，作品相对刻板。拙作另辟蹊径，诗意收放自如，虽有些许哲理性的思维，但基调寄情山水，讴歌时代的发展变化，期陋笔与自然共生，伴万物同长，常不经意间在微信中用顺口溜、打油诗状物写景，即兴抒发，也尝试用律诗、古风、散文诗等形式记录，试图去寻觅绚丽多彩的民族风物与自然风光中蕴藏的内涵。限于阅历水平，未能如愿地把流失的时光收藏在诗篇中，仅能将部分苍洱风物进行直白的传述。

“文章千古事，得失寸心知。”拙作缺憾太多，但愿能不污读者眼帘，其间错讹之处，恳请读者批评指正。

在诗集的筛选过程中，有幸在“云梦诗社”得到大理大学那茂菊教授和吴小光老师的悉心指导。承蒙那茂菊教授和施立卓先生分别写序；寇铸勋先生题写书名，张锡禄教授写跋，杨士斌老师赠送摄影图片资料。提供帮助的还有陈绍刚先生、朱册、王仲宽、徐丽霞、左家琦、郭镇老师；李如伟、何正权、杨金荣先生；杨鹏、刘元敏、张广旭同学。

拙作付梓得到大理水泥（集团）有限责任公司、冼林海先生、李珍先生的赞助，以及罗朝先生、彭忠德先生、施建锋先生、和常生先生、黄勇先生的支持鼓励。

谨向以上老师、亲友及同学致以深切的谢意！

不赘言了，赋七绝一首以咏心志。

文章尔雅本天成，
远近高低各有峰。
览物之情抒偶得，
听风过雨话古今。

闫文聪

2020年孟秋于大理阳洱草庐